TEEN SPIRIT

Virginie Despentes publie son premier roman, *Baise-moi*, en 1993. Il est traduit dans plus de vingt pays. Suivront *Les Chiennes savantes*, en 1995, puis *Les Jolies Choses* en 1998, aux éditions Grasset, prix de Flore et adapté au cinéma par Gilles Paquet-Brenner avec Marion Cotillard et Stomy Bugsy en 2000. Elle publie *Teen Spirit* en 2002, adapté au cinéma par Olivier de Pias, sous le titre *Tel père, telle fille*, en 2007, avec Vincent Elbaz et Élodie Bouchez. *Bye Bye Blondie* est publié en 2004 et Virginie Despentes réalise son adaptation en 2011, avec Béatrice Dalle, Emmanuelle Béart, Soko et Pascal Greggory. En 2010, *Apocalypse bébé* obtient le prix Renaudot. Virginie Despentes a également publié un essai, *King Kong Théorie*, qui a obtenu le Lambda Literary Award for LGBT Non Fiction en 2011. Elle a réalisé sur le même sujet un documentaire, *Mutantes, Féminisme Porno Punk*, qui a été couronné en 2011 par le prix CHE du London Lesbian and Gay Film Festival.

Paru au Livre de poche :

APOCALYPSE BÉBÉ
BAISE-MOI
BYE BYE BLONDIE
LES CHIENNES SAVANTES
LES JOLIES CHOSES
KING KONG THÉORIE
VERNON SUBUTEX (2 tomes)

VIRGINIE DESPENTES

Teen Spirit

ROMAN

GRASSET

© Éditions Grasset & Fasquelle, 2002.
ISBN : 978-2-253-08752-6 – 1ʳᵉ publication LGF

à Delphine

Première partie

SANS RACINE FIXE

« Et puis il arrive un âge où l'on a peur. Peur de tout, d'une liaison, d'une entrave, d'un dérangement ; on a tout à la fois soif et épouvante du bonheur. »

Gustave FLAUBERT

Je tirais sur un gros joint en étudiant les fesses de J. Lo sur MTV, le téléphone a sonné, j'ai laissé le répondeur, parce qu'à l'époque j'évitais tout un tas d'interlocuteurs qui me réclamaient des sous, des traductions que j'avais été payé pour faire mais que je n'avais pas rendues, ou simplement des gens qui voulaient me faire perdre mon temps à discuter de trucs pas drôles.

Une jolie voix de femme, très classe, petit accent de bourge pointu, une façon de dire les voyelles et de prononcer chaque mot nettement, comme font les gens qui savent qu'ils ont le droit au temps de parole et à l'articulation précieuse, m'a tout de suite mis une légère gaule. Une voix qui évoquait le tailleur, les cheveux parfumés et les mains bien manucurées :

— Bonjour, je suis Alice Martin, c'est un message pour Bruno, je ne sais pas si mon nom vous dira quelque chose, je...

Il m'a fallu deux secondes pour me souvenir d'elle. Alors que ma mémoire brouillait volontiers les faits récents, elle restait très précise pour les événements remontant à mon adolescence. Je me suis détendu comme un ressort, j'ai attrapé le téléphone et balancé d'un ton enjoué :

— Alice, Bouche de soie, tu parles, comme je me souviens !

Je me doutais en le disant que ça ne lui plairait pas à fond, mais ça me faisait plaisir de le dire. Le téléphone me donnait une assurance que je n'avais pas en face à face. À cette époque de ma vie, j'avais viré – aboutissement d'années de mise en place progressive – claustrophobe radical. Je n'étais pas sorti de l'appartement depuis près de deux ans, et, à part Catherine, ma copine, je ne voyais plus personne, sauf à la télé. Les gens étaient devenus une sorte d'entité abstraite, hostile, mais facilement conjurable : il suffisait de filtrer ou décrocher et être odieux pour qu'on me foute la paix.

Elle a eu un joli soupir, profond et expressif, que j'ai interprété d'un tas de façons : « tu en es encore là ? » et « t'as pas tiré depuis combien de temps, pauvre type » ou encore « j'étais sûre que tu serais resté con ».

J'ai laissé le blanc se prolonger, top agacé de tout ce que son soupir sous-entendait, en même temps qu'intrigué : qu'est-ce qu'elle me voulait, au juste, qui justifie qu'elle ne me raccroche même pas direct au nez ? Le blanc s'est prolongé. J'ai changé de ton :

— Comment t'as trouvé mon numéro ? Et pourquoi tu m'appelles ?

— J'ai croisé ton frère dans le métro.

J'ai imaginé cet imbécile notoire distribuer mon numéro partout et à tout le monde, sans même m'en avertir. Je trouvais ça d'autant plus lamentable qu'il ne me téléphonait jamais, même pas pour Noël, même pas pour mon anniversaire. Je me suis promis de l'appeler pour l'insulter copieusement dès que j'en aurais fini avec la petite Alice Martin.

— De quoi tu voulais me parler ?
— Il faut qu'on se voie.
— Alice, t'es bien mignonne et tu me rappelles que des bonnes choses, mais j'aimerais savoir ce que tu me veux.

Deuxième soupir, profond, sonore, excédé.

— Est-ce que tu aurais cinq minutes à me consacrer, s'il te plaît ? L'endroit de ton choix, le jour de ton choix, l'heure de ton choix, etc. S'il te plaît.

Je n'avais aucune envie de lui expliquer que j'étais incapable de quitter mon appartement, aucune envie de lui proposer de passer et qu'elle voie dans quelle misère moyenne je croupissais. J'ai gagné du temps :

— Écoute, Alice, je me souviens bien que tu faisais pas que sucer des queues, t'étais aussi une fille de notable, et j'imagine que papa t'a trouvé un bon boulot alors je suis content que tu te la pètes « l'humanité est à mon service » et que tu viennes me claquer les doigts sous le nez pour me convoquer à un rendez-vous mais figure-toi que j'ai pas que ça à foutre.

— C'est IM-POR-TANT.

Comme si elle doutait que je maîtrise bien le sens du mot. Je me suis tout de suite vexé qu'elle me prenne pour un genre de branleur, puis souvenu de la tournure que j'avais fait prendre à la conversation au début, donc tout était encore de ma faute. Elle me prenait pour un branleur parce que j'avais dit des trucs de pur branleur. Ça m'a fatigué de constater que je ne devais m'en prendre qu'à moi-même.

Je me balançais d'un pied sur l'autre, en regardant par la fenêtre des enfants qui revenaient de l'école et se cavalaient les uns après les autres en poussant des hauts cris d'animaux chahuteurs.

J'avais pas mal envie d'en savoir plus sur cette affaire, mais ne voyais pas comment faire pour rencontrer Alice sans sortir de chez moi. Au lieu que mon cerveau quadrille la situation à la recherche d'une solution, je ne parvenais qu'à m'agacer de ce que le virtuel n'en soit qu'à ses balbutiements et qu'on ne puisse pas se téléporter dans une biosphère peinarde, remplie de salons neutres, dont on choisirait les couleurs.

Ça m'aurait vraiment arraché la gueule d'admettre « je suis claustrophobe », l'impression qu'elle en profiterait pour me mépriser et se moquer de moi. C'est ce que j'aurais fait, à sa place. Non seulement la salope refusait de m'en dire plus au téléphone, mais, en plus, je la sentais qui s'impatientait en se la racontant, genre « bon, moi, j'ai du boulot on va pas y passer la journée ».

J'ai fini par lâcher un rendez-vous au bar-tabac en bas de chez moi, prétextant un boulot dingue et insistant bien sur l'effort que c'était de descendre les escaliers pour la rencontrer. Elle n'a fait aucun commentaire.

Elle n'avait a priori rien de la meuf qui voudrait bien s'en reprendre un coup, et je me suis gratté le crâne un long moment, après avoir raccroché, à me demander ce qu'elle me voulait.

Au final, j'ai tiré sur mon pétard et l'absurdité de mon engagement s'est déployée dans toute son horreur : je m'étais compromis dans une histoire de rendez-vous à l'extérieur. J'allais devoir trouver des vêtements, me regarder dans le miroir pour vérifier si je m'étais bien rasé, si je ne m'étais pas couvert de boutons, si ma coupe de cheveux n'était pas trop grotesque. J'allais devoir passer devant la loge de la gardienne que je ne pouvais pas saquer et elle risquait de surgir et vouloir me parler dans le froid, me dire des trucs auxquels je ne saurais pas répondre, je ne savais jamais quoi dire aux gens. Puis il faudrait franchir la porte en bas pour me retrouver dans la rue. À l'idée des voitures et des gens, tous lancés en vrac autour de moi, pouvant me foncer dedans ou me regarder défaillir, être témoins de quelque chose, j'ai commencé d'avoir des sueurs. Je me suis souvenu du bar, lieu clos, la fumée et le bruit, blindé de gens prêts à rigoler de moi, à m'agresser, me mettre dans des situations gênantes... Je me suis fait peur cinq minutes, puis j'ai réalisé que je m'en faisais pour rien : il suffisait de ne pas y aller. Je me suis vaguement promis de la prévenir, tout en sachant que je ne le ferais pas. J'avais du mal à passer les coups de fil un peu désagréables. Je resterais chez moi, comme d'habitude, et je ne répondrais pas quand elle m'appellerait d'en bas. Aussi simple que ça. Après tout,

15

depuis treize ans que je vivais sans Alice Martin, il devait être possible de continuer sur cette lancée. Tant pis pour son secret, ça devait être une connerie. Chaque fois que je m'excitais pour un truc, ça s'avérait être une connerie.

Je tenais l'affaire pour réglée. Empli de cette familière sensation de foirage, je me suis concentré sur les nichons de Britney en roulant un nouveau pétard.

Mais Sandra a appelé :

— Alors, bonhomme, quoi de neuf ?

On se téléphonait tous les jours. Elle prétendait qu'elle avait un léger problème d'agoraphobie, mais c'était de l'imposture : c'était surtout une grosse feignasse. Quand il fallait qu'elle sorte et qu'elle n'avait pas le choix, pour son boulot, par exemple, elle sortait et basta. Deux, trois crises d'angoisse bénignes, rien à voir avec le vrai truc.

Elle m'énervait par plein d'aspects, mais me faisait rire par pas mal d'autres.

On s'était rencontrés dix ans auparavant, elle organisait des concerts dans un bled perdu en Bretagne profonde, je jouais dans un groupe assez merdique, mais un petit peu populaire. L'un n'a jamais empêché l'autre. Sandra nous avait montré la route pour notre hôtel. Je l'avais trouvée marrante, j'avais passé la soirée à la serrer de près, lui allumer ses clopes et lui faire des blagues à l'oreille, mais elle était rentrée toute seule, elle s'était quasiment sauvée. Suite à quoi, pendant un paquet d'années, chaque fois qu'on mentionnait son nom, je me lançais dans une longue tirade « connasse, pimbêche, impostrice, sans talent, pauvre bouffonne ». Je n'ai jamais été ni subtil, ni délicat, et surtout pas de bonne foi quand on évoque des gens que je n'aime pas. J'entendais souvent parler d'elle, elle était montée à Paris faire des piges pour la presse « rock ». On s'était recroisés à un concert Héliogabale-Condense dans le treizième ; moi qui la pourrissais chaque fois que je pouvais en société, j'étais un peu crispé quand elle s'était jetée sur moi comme si on était de très vieux potes. Elle avait des amphés plein son sac, à l'époque on pouvait encore en acheter. Toujours pas moyen de lui en mettre un coup, mais on avait quand même bien rigolé. J'étais devenu plus magnanime et on était devenus copains.

Rapport de vieux briscards, beaucoup d'ambiguïté. J'étais à la fois jaloux qu'elle écrive dans les journaux que je lisais, à la fois très critique sur la qualité de ses papiers et sceptique sur sa légitimité à les rédiger. J'étais dépité de ne jamais l'avoir attrapée, en même temps que soulagé, comme en face d'une fille propre. On oscillait. Elle était moitié fascinée par mon parcours top radical, ma ligne « zéro compromis », et à moitié toute dubitative : trop facile à son goût. Sandra adhérait au mythe paradoxalement répandu que j'aurais du talent, si jamais je faisais quelque chose. Elle avait gardé cette impression des toutes premières fois qu'on s'était croisés, où elle n'était qu'une jeune ado, et moi je tripotais une guitare sur scène, en prenant des poses convaincues. J'étais resté l'artiste, maudit, inadapté, injustement sous-estimé… le statut n'avait rien pour me déplaire, bien que j'en connaisse le coup de vice.

On pouvait discuter télé, ce qui n'était pas négligeable. Elle simulait la fille trop bien dans sa peau pour dauber sur tout le monde, alors elle défendait mollement les présentateurs, acteurs et compagnie, comme quoi machin avait du talent, et unetelle était méritante... Mais, au fond, elle ne demandait que ça, m'entendre cartonner tout le monde.

Elle était plus jeune que moi de sept ans, ce qui faisait plus de différence que je n'aurais cru. Voilà quelqu'un qui n'avait jamais connu le monde « avant » la chute du Mur, c'est-à-dire avant l'effondrement total de tout. Ça lui donnait un autre état d'esprit, un peu pathétique, manquant de tout, mais intéressant à dépiauter.

J'adorais détester Sandra, et c'était réciproque. Je répondais chaque fois qu'elle appelait, ce qui lui faisait un statut à part. Au moins, elle ne demandait jamais « alors, quand est-ce qu'on se voit », comme le font la plupart des gens. On raccrochait, ruminant des reproches non formulés, parce que toutes nos conversations étaient criblées de griefs en sous-entendus, petites remarques anodines visant à rabaisser l'autre, jamais clairement, jamais directement. Sauf en cas de maximum embrouille, si l'un des deux admettait sincèrement « là je vais trop super mal », l'autre se transformait en soutien. Drôle d'équilibre.

Je me suis installé dans le sofa vert tout foncédé, les pieds croisés sur l'accoudoir, pour une bonne séance de causerie au téléphone. Je lui ai raconté mon truc :

— Je me suis fait une énorme peur, tout seul. Une fille du lycée m'a appelé, elle voulait absolument qu'on se voie. Je lui ai donné rendez-vous... Tu peux pas savoir comment je flippe, depuis. Bon, je te rassure tout de suite : j'irai pas. Mais ça m'angoisse rien que de penser que j'aurais pu y aller.

— Qui c'est ? Qu'est-ce qu'elle te voulait ? Pourquoi elle voulait te voir ? Qu'est-ce que c'est que cette histoire ?

C'était l'imparable qualité de Sandra : mes histoires l'intéressaient.

— Alice Martin... C'était au lycée. Fille de chirurgien. Fan des Béru, à l'époque. Top méga bonne affolante, grave. J'ai jamais bien compris pourquoi, mais elle était raide dingue de moi. Méga chaude. La gaule rien qu'en parlant avec elle, que des souvenirs délicieux. La première fois que j'ai tripoté du cachemire, ma première pipe dans un parc, sur un banc, tout le monde pouvait nous voir... enfin, tout un tas de choses agréables...

— Elle était comment, à part bonne ?

— Petite, frêle, blonde, poitrinaire, des toutes petites mains, une grosse chatte large... Elle avait un tout petit nez, comme une poupée, les yeux très clairs. Vraie bourge de souche : éduquée sur trente générations à être les meilleures putes, destinées à l'élite des mâles... et moi, bingo, je passais là pile dans sa période rebelle, elle s'est jetée sur le fils de cheminot comme la faim sur le monde... Elle tremblotait dès que je l'effleurais, je l'appelais ma petite pute électrique, elle surkiffait sa race... Petite maison, sur quatre étages, au fond d'un jardinet pété de fleurs de toutes les couleurs... Elle avait punaisé des posters de Sid Vicious dans sa chambre, elle voulait faire toxicote, quand elle serait grande. Manifestement, elle a changé d'option, depuis. C'était l'année du bac.

— T'as passé ton bac, toi ?

— Plusieurs fois, oui. Je l'ai pas eu, mais je l'ai passé, au moins trois fois.

— T'étais amoureux ?

— Ça faisait pas trop partie de mon champ lexical de l'époque, mais je l'aimais bien... J'en avais rarement eu des comme ça... C'était le genre de fille, tous les mecs du bahut rêvaient de lui frétiller dessus. J'ai remarqué, d'habitude, ce genre de meuf, elles sont zéro bonnes au pieu. Elles voient pas pourquoi elles feraient un effort. Y a une morale, de ce genre : bonne à ton bras, nulle sous le bonhomme. Qui marche dans les deux sens. Mais elle, exception à la règle : ultra bonne de partout, et pas chiante avec moi.

— Ça a duré longtemps ?

— Trois, quatre mois... j'sais plus... Mais, du jour au lendemain, j'ai pris un shoot magistral : ses parents ont déménagé, elle s'est cassée, j'ai plus eu de nouvelles... Jusqu'à aujourd'hui.

En discutant, je crayonnais des labyrinthes de spirales, avec un feutre vert, au dos d'une facture Télécom. Sandra devait faire sa vaisselle, ou quelque chose à base de faire couler de l'eau et s'entrechoquer du métal. Je l'imaginais toujours telle que la dernière fois qu'on s'était vus. Ça remontait à loin.

— T'as eu les boules, à l'époque ?
— À cet âge-là, je ne me compliquais pas la vie. Surtout pas pour les filles. J'ai emprunté une mob, je suis allé au garage à Toul acheter une caisse de colle à rustine, j'ai mis la tête dans le sac trois ou quatre jours et j'y ai plus jamais pensé.
— Ah bon, t'as même pas sorti la guitare pour lui écrire une petite ballade ?
— Arrête de me prendre pour une lopette. Je fais pas des chansons quand on me plaque.
— Et tu sais pas du tout pourquoi elle t'appelait ?

Une pointe de suspicion dans sa voix m'a tout de suite déplu souverainement. Ensuite, Sandra a cherché à changer de sujet, ce qui ne lui ressemblait pas. J'ai dû insister comme un lourd pour qu'elle finisse par lâcher le truc :

— Fais pas gaffe, tu me connais, je suis du genre à dramatiser... Moi, à ta place, j'irais au rendez-vous.
— À quoi tu penses, dis-moi ? Si tu voulais garder quelque chose pour toi, fallait pas que je pressente que t'avais une idée en tête...
— Je pense sida et je comprends pas que toi t'y penses pas.

Je suis resté silencieux deux secondes, atterré :

— Sandra, c'était y a genre quinze ans !
— T'as déjà fait le test ? Moi, je crois me souvenir que tu m'as dit que tu n'avais jamais voulu le faire.

Je lui ai raccroché au nez. J'avais pas envie de discuter avec la Gestapo. Pourquoi elle se souvenait à ce point de tout ce que je lui racontais, elle écrivait des fiches, ou bien ?

21

C'était du Sandra typique : une sollicitude tordue, entraînant les confidences, et les pires suppositions introduites sur le mode de la bienveillance, mais détruisant le moral plus sûrement que toutes les agressions...

J'ai essayé d'être rationnel, mais c'était pas à fond mon truc. J'avais beau me répéter qu'en treize ans, le sida, même sans test, je l'aurais su si je l'avais... Plus je tirais sur le pétard et moins l'hypothèse me semblait saugrenue.

*

Je me suis retrouvé comme un pauvre con, dehors, le soir même. Et comme, dans l'ensemble, j'ai de la chance, il pleuvait un sale truc glacé tout cradingue et le bar était plein de gens qui s'abritaient et qui mettaient de la boue partout.

Je suis arrivé cinq minutes en avance, j'ai choisi une place à côté de la sortie, pour pouvoir me casser rapidement en cas d'attaque de panique, posé ma montre sur la table en me jurant de me tirer si Alice avait plus de trois minutes de retard, en espérant qu'elle les aurait et me donne une raison de ne pas la voir.

J'étais épouvanté, globalement. Sans trop savoir si c'était d'être dans ce bar bondé, d'avoir probablement le sida – l'idée me terrorisait et me séduisait en même temps, si je l'avais j'allais changer de vie, j'en étais convaincu –, ou de revoir cette fille qui était peut-être devenue folle ou très moche ou totalement perverse...

Le sort avait été clément avec moi au moins sur un point : je n'avais presque pas changé, physiquement, en treize ans. Ni pris du poids ni perdu mes cheveux ni les chicots pourris ni la gueule déformée par l'alcool. J'étais désespéré quand je voyais des gens que j'avais connus jeunes, mais uniquement en me mettant à leur place.

Alice a rappliqué à l'heure, je l'ai vue s'extirper d'un taxi et tout de suite ça m'a énervé : est-ce qu'elle faisait exprès pour en rajouter sur le thème « tralala j'ai plein de thunes » et que je me sente humilié ?

Sa silhouette s'était un peu ratatinée. Elle détonnait dans le bar-tabac de Stalingrad, elle était trop bien tout : trop de fourrure au col du manteau qui tombait trop bien sur des pompes trop chères et raffinées, trop bien poudrée et savamment coiffée au milieu d'une clientèle trempée de pluie.

Bandante, dans l'ensemble. Assez énervante pour être franchement enculable.

Elle s'est assise en face de moi. Je scrutais son visage avec un peu de terreur : est-ce qu'elle avait l'expression de quelqu'un venant annoncer à un ex-partenaire qu'elle lui avait transmis le sida ?

Je ne crois pas que mon appréhension ait été flagrante : sans que j'aie à faire d'effort, j'ai toujours eu l'air plus arrogant que craintif. Et j'avais passé l'âge de croire que les gens sont capables de lire en vous comme dans un livre ouvert : ils voient ce qu'on montre et puis basta. C'est pas comme s'ils en avaient quoi que ce soit à foutre, de vos émotions intérieures.

Alice, de son côté, n'en menait pas large. Je me suis demandé un moment si c'était exactement l'inverse : qu'elle fasse étalage de vulnérabilité parce qu'elle n'en ressentait aucune.

Elle m'observait, à la dérobée, avec inquiétude. Me donnait l'impression d'être un insecte dont on sait qu'il est répugnant, mais pas encore s'il est dangereux.

Elle m'a posé deux ou trois questions, sur ce que je devenais. J'ai menti :

— Je fais beaucoup de traductions, un peu de tout : des romans, des ouvrages scientifiques. Anglais, allemand, espagnol... Et j'ai écrit un roman, je viens justement de trouver un éditeur.

En vérité, j'avais traduit un peu de SF et des romans Harlequin, mais c'était trop de travail, j'avais vite déprimé et dû m'arrêter. Je venais de rencontrer Catherine, ma copine, et elle m'avait dit « consacre-toi à ton roman, je peux travailler pour deux quelque temps ». En acceptant, je m'étais juré de boucler le machin rapidement. J'imaginais que l'idée qu'elle m'entretienne serait tellement abominable que ça me ferait une motivation. Mais, en fait, non.

J'avais progressivement arrêté de sortir. La première année, j'avais essayé trois ou quatre fois de me mettre au boulot mais ça ne venait pas. Je ne passais pas les trente ou quarante pages. Puis, j'avais lâché l'affaire. Catherine ne le prenait pas trop mal. Comme d'autres gens, elle était convaincue que j'écrirais de grands livres, quand je m'y mettrais. Elle n'était ni la première, ni la seule, à imaginer que j'avais du talent. Imposture dont je me contentais de profiter, mais que je n'avais jamais ni provoquée, ni entretenue : je n'avais jamais rien foutu. De l'avantage d'avoir joué dans un groupe punk médiocre, mais finalement assez mythique : j'avais dix ans de crédit gratuit. Par certains aspects, la France était un beau pays.

Pendant les fêtes de nouvel an, ma situation m'inquiétait, c'était un genre de rituel. J'établissais un rapide bilan, me rendais compte que j'en faisais toujours moins. Je cogitais ferme deux ou trois jours, prenais des décisions. Début janvier, on tirait la galette des rois, je me concentrais sur autre chose, et finalement je ne changeais rien à ma tactique.

Mais je ne comptais pas raconter tout ça à Alice.

J'ai regardé ses mains, le truc qui brillait à son doigt ressemblait à un diamant et rien de ce qu'elle portait ne se vendait dans le quartier Barbès. J'ai demandé :

— T'as fait un beau mariage ?

— Non, mais je bosse comme une conne.

J'aurais préféré l'imaginer mariée à un vieux tordu dégueulasse qui la trompe et la couvre de cadeaux plutôt qu'en biseness woman. Sa réussite, comme toutes les réussites, soulignait mon incapacité, la mettait en relief.

Elle n'avait pas bien vieilli. Elle avait été d'une beauté délicate, qui tenait au teint, à une toute-puissance encore non démentie. C'était une beauté de garce fine. La peau s'était flétrie, elle avait dû beaucoup travailler, mal dormir, fumer et boire pour se fatiguer de la sorte. Elle n'était pas mince comme les femmes qui font attention, mais comme celles qui sont à bout de nerfs. Ni soigneusement fardée comme celles qui cherchent à rayonner, mais comme celles qui cherchent à se cacher.

Comme elle tardait à lâcher son truc, j'ai joué un moment avec mon paquet de clopes, trituré le plastique autour, puis plié le papier brillant. Quand j'ai commencé à nettoyer des taches imaginaires du bout du doigt sur la table, j'ai pris les devants :

— T'as le sida ?

Elle s'est immobilisée, brièvement, clope au bec, yeux plissés, le temps de comprendre le pourquoi et le comment de ma question, puis a connecté ceci avec ça et a éclaté de rire. Aussitôt, j'ai capté à quel point c'était ridicule de m'inquiéter du sida treize ans après une coucherie. J'ai maudit l'influence de Sandra et me suis un peu détendu. Je n'aurais pas dû. Alice a tournicoté deux trois fois sa clope sur le bord du cendrier, se calmant, a ajouté :

— Non, non, j'ai pas le sida... Mais j'ai une petite fille de treize ans.

Ça a été mon tour d'être dans le vent un moment, je ne voyais pas le rapport, ni pourquoi c'était dit sur ce ton-là, un ton de série télé, quand la réplique est top cruciale. C'est quand elle m'a regardé en se mordillant la lèvre d'un air angoissé que j'ai compris qu'il y avait quelque chose de supplémentaire à comprendre, et j'ai éclaté de rire à mon tour, souhaitant que mon imagination me fasse encore un coup de vice et qu'Alice dissipe ce malentendu. Mais j'ai pas rigolé longtemps. J'ai affirmé :

— Elle n'est pas de moi.

— J'ai couché qu'avec toi cet été-là. Quand tu la verras, tu verras que c'est assez flagrant. Enfin, ça ne veut rien dire, mais, quand même... ça crève les yeux.

— Quand je la quoi ?

Alice a eu une grimace, agacée :

— Oui, enfin... excuse-moi. Si tu veux bien la voir. Tu te doutes bien que je ne suis pas venue te le dire pour le plaisir de « foutre mon wild ».

Elle disait « foutre mon wild » avec la sauvagerie suave d'une connasse du cinquième, je l'écoutais déblatérer, je n'avais pas encore bien réalisé que ce qu'elle venait d'annoncer allait me concerner de plein fouet. Un petit sursis avant le fatras... Alice n'arrêtait plus de causer :

— Ça ne m'arrange pas plus que toi, tu sais... Mais il se trouve que Nancy – c'est son prénom – a toujours cru que tu étais mort dans un accident de voiture. Toute la famille lui a dit ça, depuis qu'elle est petite. D'ailleurs, c'est ce qu'on a toujours dit à tout le monde. Seulement ma mère perd salement la tête depuis la mort de mon père. Et elle lui a tout dit.

Alice a écarté les mains, pour illustrer un « c'était le bouquet » classieux. Et a continué sur sa lancée :

— Depuis, la petite n'a qu'une seule idée en tête : te retrouver. Elle nous a déjà fait deux fugues. Je ne sais pas ce qu'elle s'imagine, qu'elle va te reconnaître dans la rue, je ne sais pas... J'ai croisé ton frère, par hasard, et je me suis dit que c'était un signe. Voilà.

Comme si la balle était désormais dans mon camp.

— Sale putain de ta race de connasse de merde.

Débité les mots comme des balles, sans me sentir tout à fait là. Tout mon corps s'était anesthésié. Une seconde d'apesanteur, un bref moment hors gravité. Puis j'ai senti ma conscience se fendre en deux pour fourrer l'inconcevable au milieu. J'ai poursuivi, dans un état second :

— Tu mériterais de te prendre trente mandales dans ta sale gueule de pute... Est-ce que tu te rends seulement compte de ce que tu es en train de me dire ?

— Bruno, je t'assure que ça ne m'amuse pas non plus.

C'était ce genre de petite merde, arrogante et hautaine, qui se bloque et se redresse quand on l'agresse, qui n'a pas pris ce qu'il faut de coups dans sa gueule pour apprendre à faire profil bas. Lèvres pincées et tête haute, j'ai repris, en la toisant, écœuré et dubitatif :

— J'ai un enfant avec TOI ?

— J'avais dix-sept ans, mon coco. Moi aussi, quand je te vois, je me dis que j'ai fait une belle connerie.

J'ai détourné les yeux, chaleur aux tempes, idées et sensations commençant à me revenir, en vrac, me faisant vaciller sur mon axe :

— T'es vraiment qu'une pauvre folle.

Et j'ai quitté le bar.

*

Une fois dans la rue, j'ai fait cinq pas dehors, puis demi-tour. Ça me valdinguait au thorax, envie de me jeter sous une voiture et me sentir physiquement déchiqueté. Je l'ai attendue à la porte, incendié par la honte, que ça m'arrive à moi, que ça m'arrive comme ça.

Alice a fini par sortir, son portable collé à l'oreille, elle écoutait ses messages. Je l'ai empoignée par le bras :

— Comment t'as pu me faire une chose pareille ?
— Écoute : oublie. Ça n'était visiblement pas une riche idée de te rappeler.

Elle avait repris toute sa superbe, j'ai hurlé, senti qu'elle détestait ça, sa bonne éducation, ne pas se donner en spectacle. Et moi, le type qui craignait d'aller acheter des clopes, je me suis époumoné sur le trottoir, et je n'en avais strictement rien à foutre. Tout ce que je voulais sentir, c'était un peu de sa peur mêlée de honte, j'en avais besoin comme un chien qui voudrait du sang :

— Comment t'as pu jamais me le dire ? Comment ?
— C'est mes parents qui ont décidé. On a déménagé la semaine où ils l'ont su. J'étais une gamine, merde, rappelle-toi. Et j'étais pas dégourdie, pour mon âge. J'ai fait comme ils m'ont dit et après je voulais pas…

— T'es qu'une sale putain de folle, une sale pute de merde et je suis sûr que c'est pas ma fille. Même un test ADN me ferait pas croire ça.

— Voilà. Très bien. Restons-en là.

Elle s'est éloignée, je l'ai rattrapée. Des passants avaient ralenti, un groupe de mômes a même fini par se constituer à notre hauteur, n'intervenant pas, se contentant de nous regarder comme si on faisait une performance. Je sentais la colère entre mes yeux et derrière le crâne passer sa lame brûlante et cramer ma raison :

— Tu peux pas t'en tirer comme ça. Tu peux pas débarquer me dire ça et puis rentrer chez toi. Fallait y penser AVANT, fallait penser, à l'époque, que même si je suis qu'un putain de fils de putain de cheminot, je méritais de savoir, toi et ta famille à la con, fallait y penser avant. Pas attendre que la môme ait treize ans pour débarquer là comme une fleur et foutre toute ma vie en l'air. Tu croyais que j'allais le prendre comment ? « Oh, fabuleux, quand est-ce qu'on visite Disneyland ? » C'est obligé que je sois furieux. Obligé. Et c'est obligé que toi tu restes là et m'écoutes parce qu'il fallait pas faire ça. Merde.

J'ai tapé dans le mur, vraiment fort, violence du choc dérisoire comparée à ma fureur, déception au moment de l'impact. Mais, ensuite, regretté mon geste, les phalanges en compote. J'aurais voulu m'asseoir et pleurer mais ça faisait longtemps que je ne pleurais plus.

Alice, elle, ne s'en privait pas, elle bredouillait en hoquetant :

— J'ai fait une connerie… Je ne sais plus quoi faire avec Nancy, elle n'a jamais été facile, mais depuis qu'elle sait, je ne la tiens plus… Je ne voulais pas venir te voir, mais… je ne sais tellement plus où j'en suis.

— En plus, elle a un prénom de chiotte, putain.

Alice a fouillé dans son sac et m'a tendu sa carte :

— Fais ce que tu veux. Rappelle-moi, oublie ça, fais ce que tu veux…

La salope savait implorer, ça m'a un peu excité, déconcerté, puis complètement découragé :

— Allez, dégage.

Et elle a filé aussitôt. Légère gaule, déplacée, en la regardant s'éloigner, tête basse. Elle savait bien comment s'y prendre pour désarçonner le bonhomme.

Les gamins qui nous entouraient ont commencé de se disperser, certains se tapaient les cuisses de rire. C'était probablement ma gueule qu'ils se payaient, et j'ai été surpris de n'en avoir rien à foutre.

Je suis resté un moment sur place, déstabilisé. J'avais tellement l'habitude d'exagérer, de manipuler, de faire semblant… que mes émotions n'étaient plus jamais légitimes.

*

Une fois remonté chez moi, j'avais perdu tout sens de l'humour et beaucoup de mon flegme. Ma main était gonflée, façon gant Mapa greffé au bout du bras.

Les arguments bouillonnaient, s'entrechoquaient, me grimpaient dessus et m'étouffaient.

Je pensais aux gars de *Men in Black*, avec leur bidule effaceur de mémoire et comment j'aurais donné cher pour m'en procurer un, revenir deux heures en arrière.

J'étais obsédé par l'image du sperme. De façon que je savais incongrue, je m'efforçais d'établir un lien entre ce truc blanc gluant et un bébé. Je repensais à Alice, les fois où on l'avait fait, en me répétant que c'était bien comme ça qu'on faisait les enfants. Mais ça ne cadrait pas. Me revenaient essentiellement des images où je lui éjaculais dans la bouche, sur le visage ou sur les fesses. Ça cadrait d'autant moins...

Pourtant, l'idée que la gamine ne soit pas de moi ne voulait pas me coller au cerveau. Je savais que c'était vrai, sans savoir exactement pourquoi... les circonstances du départ de la famille, à présent que j'y réfléchissais, étaient tellement étranges... la voix glacée de sa mère, quand j'avais essayé d'appeler, à l'époque j'avais mis ça sur mon iroquois verte et mon verrou autour du cou... à présent, tout se reconstituait.

J'avais déjà rencontré des filles qui avaient des retards de règles, ou qui voulaient un bébé, ou qui ne prenaient pas la pilule... J'avais déjà été vaguement confronté au problème, mais jamais rien de sérieux. J'en avais déduit que je n'étais pas ce genre de mec et brusquement tout basculait, j'étais ce genre de mec, en pire. C'était humiliant, jusqu'à l'insupportable.

La famille d'Alice ne m'avait rien dit parce que j'étais fils de prolo, ça me travaillait en leitmotiv, et m'obscurcissait totalement. J'aurais souhaité avoir quelqu'un à aller tuer, pour venger mon honneur, foutre ma vie en l'air et qu'on en reste là. Mais je m'imaginais mal aller étrangler la grand-mère folle et je ne pouvais que tourner en rond, déglutir ma rage lancinante. Une injustice formidable, inconcevable, et qui me tomberait spécialement dessus...

J'ai bombardé Catherine de textos, l'implorant de rentrer au plus vite. Il me semblait que son arrivée déclencherait quelque chose, sans que je sache quoi, au juste.

Mais je lui avais trop souvent fait le coup de la faire revenir en catastrophe pour lui demander d'aller me chercher du doliprane, parce que je n'aimais pas l'aspirine, ou des gâteaux au chocolat, parce que pointait une dépression, ou même un numéro de *Libé*, dont on parlait à la radio... Cette fois, elle n'a rien voulu savoir. Elle avait un job à finir, elle le finirait et c'est tout.

Je me suis imaginé la tête qu'elle ferait si elle me retrouvait poignets tranchés étendu dans la baignoire, ou étranglé par un drap à la fenêtre du salon, pendouillant le long de l'immeuble. Ça m'a calmé cinq minutes.

Ça m'arrangeait à moitié qu'elle ne rentre pas aussitôt. Je n'étais pas sûr d'avoir envie d'en parler avec elle. Si je le lui disais, ça reviendrait dans toutes nos conversations, et je comptais bien oublier le truc dans les jours qui suivraient, ce qu'elle m'empêcherait de faire tranquillement. D'autre part, j'aurais été gêné de lui expliquer que j'étais descendu dehors pour parler à une ex du lycée. Plus de deux ans que je l'esclavais chaque fois que j'avais besoin de quelque chose, aucune envie de confesser que j'étais sorti sans problème. Je n'étais pas convaincu de vouloir remettre ça de sitôt.

J'étais déçu de cette sortie. Aucune crise d'angoisse, aucune sensation bizarre, pas d'évanouissement. Tout ce temps à éviter ce moment, m'en faire toute une montagne, palpitations et sueurs froides... J'avais souvent pensé à ma ressortie, c'était toujours en plein été, Catherine me tenait le bras, ses yeux brillaient de joie, le vent soufflait doucement sur mon visage, j'y allais doucement, comme un convalescent... Au lieu de ça, cette connasse d'Alice avait tout glauqué, gâché, souillé...

Je me suis allongé un moment, pour faire des exercices de respiration. Mais ça avait un côté « t'es brûlé au troisième degré ? Prends donc une aspirine ». Je me suis retourné sur le lit, j'ai commencé à me tordre, un peu comme dans *L'Exorciste*, en sentant la douleur atroce me parcourir du ventre à la nuque, onduler dedans moi comme une bête odieuse. Puis j'en ai eu marre.

J'ai encore essayé d'appeler Catherine, pourtant je savais que j'étais ridicule, je suis tombé sur sa boîte vocale, j'ai renoncé à laisser un message.

Je ne lui dirais rien. J'avais finalement compris quel type de rapport on avait : chacun pour soi et s'il te plaît crève en silence.

J'ai pensé à téléphoner à mon frère, pour déverser ma rage sur lui, sans lui expliquer ce qui me mettait dans cet état, juste pour le terroriser. Mais ça ne me disait rien. J'ai remis ça au lendemain, quand j'aurais rassemblé mes esprits.

J'ai fini par appeler Sandra. Je ne voulais pas le faire : après tout, sans son intervention, rien de tout ça ne serait arrivé. Je serais resté peinard chez moi à bien surveiller ma télé et basta. Je craignais qu'elle en rajoute, qu'elle trouve encore des arguments pour me torturer plus profond. Mais j'ai tout de même composé son numéro, recroquevillé dans mon sofa, il fallait que je m'en ouvre à quelqu'un.

La sale garce était adorable, elle s'est confondue en excuses :

— Tu ne peux pas savoir comme je m'en veux... Je suis ridicule. Je ne sais pas pourquoi je t'ai dit ça, c'était une idée débile... Si tu savais combien je m'en veux.

— Écoute, franchement, j'étais vert de rage, mais, à cette heure-ci, je trouve ça plus grave du tout, du tout, du tout... Écoute bien ça : je suis allé au rendez-vous.

— T'es allé dehors ?

Stupeur, avec une pointe de déception. Ou de trouille. Que j'aie réussi à sortir la mettait en danger, qu'elle s'en rende compte ou non, en danger de perdre le seul type qu'elle connaissait encore plus largué qu'elle. J'avais toujours été très rassurant dans mon rôle de larve absolue. Je n'ai pas pu m'empêcher de frimer :

— J'avais pas le choix, alors je l'ai fait.

— Et qu'est-ce qu'elle te voulait ?

J'avais honte de le dire. Ça me donnait envie de crever, de disparaître. Je ne voulais pas être le gars à qui arrive ce genre d'histoire. Celui qu'on évoque en se moquant, en s'apitoyant, en jugeant, en le plaignant... Je ne voulais pas de cette marque-là. Je n'avais rien fait pour que ça m'arrive, je ne voulais pas assumer ça. J'ai fait jurer à Sandra de n'en parler à personne, tout en sachant pertinemment qu'elle le répéterait à tout le monde. Et j'ai fini par me l'arracher de la gorge :

— Elle m'a dit qu'elle avait une fille, de moi. Et qu'elle avait treize ans. Et qu'elle souhaitait me rencontrer.

Sandra a modulé un long « waow » admiratif, sidéré et impressionné. En d'autres circonstances, j'aurais été heureux de détenir une nouvelle qui la laisse pantelante à ce point-là.

J'ai entamé un pur cauchemar psycho. Du moment que je l'avais dit, la petite fille a existé. En tant que telle. Jusqu'alors, il n'y avait que la trahison d'Alice, sa connerie de venir me le dire treize ans après, la décision de la famille entière de me le cacher... Mais, d'un coup, la gamine est sortie. Il y avait quelque part dans cette ville une môme qui n'avait pas eu de père, et qui souhaitait me rencontrer.

Je n'en ai rien dit sur le coup, même en mon for intérieur, je ne l'ai pas formulé, je ne me le suis pas avoué, mais, de ce moment précis, j'ai su que je devrais la voir. Au moins une fois. C'est exactement ce que Sandra m'a dit, une fois qu'elle eut fini de pousser des « oh » et des « ah » :

— Et tu te demandes comment elle est ?

— Non, j'ai pas de fille, moi. Tu me connais, non ? Est-ce que j'ai des enfants ?

— De toute évidence, maintenant, oui.

On est restés au téléphone jusqu'à ce que mon sans-fil soit déchargé, je l'ai rappelée avec le portable, puis jusqu'à ce que son sans-fil soit déchargé, elle m'a rappelé de son portable. Au bout d'un moment, j'avais mal à la nuque de la tenir si longuement tordue pour maintenir l'appareil coincé contre l'épaule. Je me suis fait du thé, des pâtes. On a fini par perdre le vif du sujet de vue, et raconter n'importe quoi, nous saoulant nous-mêmes de paroles...

— Au moins, ça te servira de leçon, pour les prochaines fois...

— J'achète des tests de grossesse par cartons et je laisse personne sortir de mon lit tant que le test est pas terminé ?

— Éjac faciale, systématique.

— Ou sodomie, t'sais que t'es pas conne ?

On a parlé jusqu'à ce que j'entende Catherine qui rentrait. J'ai raccroché à la va-vite, comme un ado. On avait l'habitude. J'étais exténué, après plusieurs heures de conversation téléphone, le cerveau engourdi. Je n'avais pas les idées plus claires, mais elles étaient bien moins vivaces.

Catherine faisait la gueule. Je n'ai même pas eu la force de le lui reprocher. Je l'ai laissée moisir dans sa merde, j'ai pris trois Equanil, gros cachets bleus que je me faisais prescrire par SOS Médecins, et dont j'étais friand, et suis allé me coucher sans lui adresser la parole. Je pensais que ça lui apprendrait. Contrairement à son habitude, elle n'est pas venue s'inquiéter de moi quand j'étais au lit. Elle est restée devant la télé, comme une connasse qui manque de feeling, incapable de sentir le désastre quand il est au milieu de chez elle.

*

— Allô, grand, c'est Sandra, je venais aux nouvelles... T'es là, t'es pas là, t'as pas envie de parler ?

J'ai décroché, en essayant de garder une voix un peu pimpante. Ce qui était contraire à toutes mes habitudes : j'avais plutôt tendance à en rajouter.

— Ici Hiroshima.
— Raconte ?

Sur un ton vraiment très inquiet. À la télé, une fille à cheveux noirs et tee-shirt avec dragon dessus se dandinait sur place en se tenant l'estomac, on aurait dit qu'elle cherchait à décoller un pied du sol, sans succès. J'ai raconté :

— Catherine veut que je quitte l'appartement. Elle a quelqu'un d'autre.
— Catherine ?

Catherine, c'était entendu, ne pouvait pas vivre sans moi. Elle se plaignait bien de temps à autre de ce que je passe tout mon temps devant la télé, que je ne supporte aucune de ses copines à la maison, que je refuse de manger des produits congelés, que je ne la baise plus depuis des mois... elle se plaignait de temps à autre, comme toutes les filles, au bout d'un certain temps. Mais ça ne prenait jamais de proportions alarmantes. Il suffisait que je me colle contre elle et la rassure quelques minutes et elle se calmait, reconnaissait que ça n'était pas facile pour moi, une sale phase. J'avais Saturne dans mon signe depuis deux bonnes années, et elle savait, comme moi, que c'est une planète extrêmement difficile à vivre.

Je n'avais pas l'impression de me foutre de sa gueule, à l'époque. Je passais tellement de temps à aller mal que je trouvais regrettable mais justifiable tout ce que je lui infligeais. Je croyais qu'elle avait compris que ça ne durerait qu'un moment et qu'une fois que je serais sorti d'affaire, je lui rendrais tout ce que je lui devais.

— Et ça m'a l'air sérieux. Elle est partie avec un sac, ce matin. Elle me laisse une semaine pour quitter les lieux. Une semaine... Je viens d'apprendre que c'est bien assez pour que je me trouve une « nouvelle bonne poire », textuellement.

— Qu'est-ce qui s'est passé ?

— Un : son enculé de psy l'a rendue totale psychopathe. Deux : elle s'est fait embobiner par un sale con à son boulot qui lui promet monts et merveilles. Trois : j'ai dormi tôt hier soir, j'étais un peu assommé de ma journée. Elle a trouvé mes chaussures toutes mouillées, s'est imaginé que je sortais régulièrement, en cachette, juste pour l'emmerder. Et elle a fouillé dans ma veste, mouillée, elle aussi, a trouvé la carte de visite d'Alice et en a déduit que je voyais des filles dans son dos. Elle s'est monté le chiraud toute la nuit. Elle s'est convaincue que je les rencontre sur Internet... elle est allée fouiller dans l'ordinateur, elle a trouvé douze mille adresses de sites porno... tu parles, ça l'arrangeait de se faire des films, elle crevait d'envie d'aller se faire tirer tranquille. Conclusion : ce matin, je me suis réveillé en me disant que je me sentais un peu mieux, je suis allé la voir pour lui faire des bisous et j'ai quasiment pris un pain... J'étais vraiment l'ennemi public numéro un.

— Tu lui as expliqué, pour Alice ?
— Non. Je lui ai dit que c'était une vieille copine d'enfance vraiment dans la merde et que je ne pouvais pas ne pas descendre la voir. Mais elle ne m'a pas cru.
— Pourquoi tu lui as pas dit ?
— Je me suis dit que si on se remettait ensemble, ce qui me semble quand même encore assez probable, je le regretterais jour après jour.
— Pas bête. Y a pas à dire, c'est ta semaine, toi.
— J'ai la tête du dragon en opposition avec Neptune, rajoute Mercure qui rétrograde et Saturne qui veut pas bouger de là... tout y est.
— J'aime bien ton côté féminin. Elle est de quel signe, au fait, la petite ?

— Mais j'en sais rien. Je m'en fous de cette môme. J'y pensais plus du tout. Merci quand même de me rappeler à quel point je suis dans la merde.

— Alors, qu'est-ce que tu vas faire ?

— Me pendre, émigrer en Hongrie, intégrer une secte, devenir toxico, étrangler Catherine après avoir éventré son connard de mec... Je me suis toujours douté que je passerais du temps en prison.

Énuméré tel quel, on aurait dit une plaisanterie, mais c'était effectivement les solutions que j'avais envisagées pour le moment.

— Je ne veux pas entendre parler de responsabilités. J'ai trente balais, je me connais, j'ai passé l'âge de me raconter des salades : je suis pas capable de vivre normalement. C'est trop pour ma tête. Un loyer, un boulot, un patron, des impôts, prendre le métro, retrouver une copine, payer des factures, supporter des caves à longueur de journée pour gagner de quoi croûter... Je pourrai pas. Je m'en fous, je ferai clochard, franchement, je m'en fous. Je ferai clochard juste en bas de chez elle, cette connasse. Qu'elle reste bien au courant du grand bien qu'elle m'a fait.

Sandra s'est raclé la gorge. Je savais que quand les gens font ça, ou une petite toux, ils vont dire quelque chose qui les met mal à l'aise et je me suis préparé au pire, je commençais à prendre le pli :

— Et pour la petite, t'as réfléchi ?

— Non. C'est ce qu'il y a de merveilleux avec le départ de Catherine, ça m'a complètement changé les idées.

— Il faut que tu la voies. Si elle veut te voir, il faut que t'y ailles.

— T'es maboule toi, ou quoi ? Tu veux que j'en crève, c'est ça ? Qu'est-ce que t'as besoin de ramener ça sur le tapis ?

Je lui aurais volontiers raccroché au nez, mais je comptais bien lui demander de m'héberger, le temps de me retourner. Je me suis donc assis sur mon orgueil et j'ai encore enduré ses « oh » et ses « ah ».

Elle était bizarrement concernée par cette histoire de gosse :

— Que la mère soit une pauvre folle et vraiment une connasse, je discute pas. Que ça soit difficile pour toi, limite intenable, je discute pas. Mais la gamine y est pour rien et elle a le droit de te voir une fois. Tu peux pas lui faire ça.

— Bien sûr que je peux. Et c'est pas qu'égoïste. Je serais un gosse, j'aimerais pas apprendre que mon père, c'est moi. « Regarde ce pauvre clochard, c'est ton papa, ma fille. Alors, heureuse ? » Autant qu'elle continue de rêver.

— Non. Moi, je serais une petite fille, je serais contente que tu sois mon père.

Elle avait dit ça avec véhémence et ferveur. J'en ai déduit qu'elle avait trop envie que je l'attrape, ce qui justement me coupait l'envie. Je me suis promis de faire attention, une fois que j'habiterais chez elle, à ne pas me mettre dans des situations ambiguës.

J'ai bien senti qu'elle me voyait venir et qu'elle était terrorisée à l'idée que je débarque dans son appartement. J'ai décidé de laisser la culpabilité monter en elle naturellement et d'attendre qu'elle se sente obligée de m'inviter à m'installer.

— Bruno, faut que tu comprennes que cette gamine n'y est pour rien, t'es obligé de la voir, tu lui dois ça. Elle a un seul père et c'est toi, si elle veut te voir, t'as tout simplement pas le droit de la décevoir. Tu peux déconner avec un tas de trucs, mais elle, c'est une toute petite fille.

— Putain mais lâche-moi. Pourquoi je t'ai raconté ça ?

— Parce que t'avais envie que je te tanne pour aller la voir.

— Arrête de me parler de ça.

Mais elle s'est acharnée de plus belle, et j'ai finalement capté qu'elle se servait de ce prétexte pour qu'on s'engueule définitivement. Comme ça, elle n'aurait pas à refuser de m'héberger. Sandra était du genre à prendre les conflits de biais, éviter les confrontations et de dire franchement ce qu'elle pensait.

Toujours prête à faire la vertueuse et l'âme sensible quand les problèmes sont éloignés, mais incapable de me prendre chez elle quand j'étais dans la merde la plus totale. Tu parles d'une amie... J'ai lâché l'affaire, l'ai interrompue :

— Sandra, tu peux aller te faire foutre. Je me souviendrai toujours que quand j'ai eu besoin de toi, tu m'as lâché. Tu m'entends ? Je m'en souviendrai toujours.

Et j'ai raccroché, espérant que mes mots lui feraient l'effet d'un sortilège et lui donneraient des maladies, ensuite.

Un poison âcre et atroce circulait dans tout mon système, me déglinguait tripes et neurones sans que je connaisse d'antidote. J'en avais marre de me sentir déchiqueté, je voulais que ça passe et les cachets que je prenais me rendaient glauque et lent, mais zéro insouciant. Sale drogue, comme toutes les drogues de blancs.

Je suis allé me faire un thé, c'était Catherine qui m'avait donné l'habitude d'en boire toute la journée. Les filles se succédaient, laissant chacune une trace, une habitude, une expression, un petit quelque chose de changé. Nostalgie tendre-amère d'histoires qui commençaient toutes bien.

J'attendais que l'eau chauffe, en regardant le plafond, tout dégueulassé de brun à cause de la gazinière. On avait tout repeint en jaune quand j'avais emménagé. Pièce très étroite, étagères recouvertes de boîtes de thé, épices et boîtes en métal, murs recouverts de cartes postales et des magnets crétins plein le frigo. L'endroit était à la fois un peu sale et douillet. Je ne voulais pas me faire chasser de là. Je voulais revenir aux premiers mois, quand ça se lisait sur son visage qu'elle était heureuse que je sois là, quand on avait des trucs fondamentaux à se dire tous les matins, sur nous-mêmes, sur le monde, sur ce qu'on allait devenir, tous les deux. Quand elle croyait encore que j'étais quelqu'un de bien. Quand je me donnais encore de la peine pour que ça soit plausible.

Qu'elle écrivait des mots du bout des doigts dans mon dos et je me concentrais pour les déchiffrer. Je ne voulais pas me faire chasser de là. L'odeur d'encens perpétuelle, qui m'avait toujours écœuré, je voulais continuer de baigner dedans. J'étais pris d'affection pour sa levure de bière, ses comprimés de magnésium et ses thés au goût d'épinard, tous ses sales trucs de baba cool qui m'irritaient la veille encore. J'avais beau l'avoir bien cherché, je ne voulais pas être chassé de là.

J'ai pris une assiette et l'ai lancée contre le mur de la cuisine. Le son et l'image m'ont bien plu. Je les ai toutes cassées, en me servant de ma main gauche parce que la droite me faisait trop mal. Ensuite, je me suis attaqué aux verres, mais j'en ai eu vite marre. Ne pas abuser des bonnes choses. J'ai envisagé trente secondes de marcher dans les débris et tartiner l'appartement de sang, mais j'ai renoncé.

Je me croyais calmé, en revenant au salon. Je me suis assis devant la télé pour me faire un pétard, je me suis rendu compte que je n'avais plus de feuilles à rouler. Ça m'a remis les nerfs en vrac en deux secondes ; sans que je comprenne bien ce que je faisais, je me suis retrouvé très vite à me rouler par terre en me rouant de coups moi-même, tapant ma tête contre le sol et braillant comme un dingue.

J'ai fini par me fatiguer tout seul. J'étais déconcerté, j'avais toujours cru que je faisais des crises de nerfs pour impressionner les gens, les obliger à quelque chose. Des fois, ça avait marché, d'autres, pas du tout. Mais je n'avais jamais réalisé que je ne pouvais tout simplement pas me contrôler.

Ensuite, je me suis tâté la tête, toujours de la main gauche, et j'ai commencé de flipper que j'avais la nausée et anormalement mal... J'ai fini par appeler SOS Médecins. Je voulais qu'ils me prescrivent des Stresam, c'est un truc que j'avais trouvé bien. Et je voulais également qu'ils m'hospitalisent d'urgence, pouvoir appeler Catherine du service neurologique d'un hôpital quelconque, en restant très digne, lui expliquer qu'on venait de recevoir les résultats des scanners, j'allais mourir dans le mois, est-ce qu'elle aurait la gentillesse de m'apporter quelques affaires, je m'excusais de la déranger mais je n'avais personne d'autre à qui le demander...

C'était une doctoresse. Une brune à mine sérieuse, toute fine, à petits seins, charmante. Ça m'a fait de la peine pour elle, qu'elle aille chez les gens, comme ça, avec sa petite mallette et son cul impeccable. Probable qu'elle tombait sur un tas de lourds, qui lui faisaient des réflexions de lourds.

Elle a pris ma tension, a observé mes yeux avec une petite lampe, m'a tripoté la nuque et écouté le cœur. Je trouvais ça formidable. J'imaginais ma vie avec une docteur, pouvoir lui demander de vérifier que tout va bien, tous les matins et tous les soirs. Je me suis dit que je ne serais pas exactement le même bonhomme si une femme savait me rassurer.

Comme j'avais pas envie qu'elle parte trop vite, ni qu'elle ait une fausse opinion de moi, je lui ai bien expliqué ce qui m'était arrivé. Je ne voulais pas qu'elle s'imagine que je faisais des crises tous les jours. J'ai raconté Alice, Catherine… Elle m'écoutait, assise sur le bord du sofa, les mains sagement croisées sur ses cuisses encore serrées. Elle portait une chemise grise, joli cou très fin, je pensais à ses clavicules, les redessiner du bout des doigts. Je l'imaginais me prendre dans ses bras et me consoler, c'était typique le genre de femme qui sait s'y prendre pour les câlins, les caresses et les chuchotements. Elle a écouté mon histoire, avec la plus grande attention, a réfléchi un bref instant avant de déclarer, ses grands yeux plongés dans les miens, la tête joliment inclinée, d'une voix très douce et solennelle, un peu triste :

— Vous devez rencontrer cette petite fille. C'est capital pour elle de rencontrer son papa, vous savez.

Je lui ai gentiment conseillé de changer de métier, en la raccompagnant à la porte.

*

Les jours d'ensuite ont été cotonneux. J'attendais vaguement que Catherine m'appelle, pour s'excuser et me demander de la reprendre, ce que j'aurais fait sans discuter. J'attendais un coup de fil d'Alice, m'expliquant qu'elle faisait des crises de schizophrénie, que bien sûr tout ça n'était qu'une blague.

Je me promettais tous les matins de faire mon répertoire téléphonique, à la recherche de points de chute. Mais, à la place, je roulais des joints en trouvant que l'heure tournait anormalement vite.

J'ai appelé ma mère, lui ai expliqué que Catherine avait trouvé quelqu'un d'autre, elle a sobrement commenté « encore un échec », puis je lui ai demandé de me prêter un peu d'argent, il a fallu qu'elle case un pathétique « tu sais quel âge t'as ? » avant d'accepter de m'envoyer mille francs. J'ai âprement négocié à deux mille. Tout, dans sa conversation, tendait à me faire remarquer que j'aurais dû avoir honte, mais elle pouvait toujours courir. Au passage, je lui ai bien fait comprendre que mon frère, son chouchou, y était pour beaucoup dans cette séparation. Dix minutes plus tard, il rappelait, excédé. Je l'ai laissé s'indigner sur mon répondeur, je n'avais même pas envie de le pourrir en direct.

Je suis ressorti, plusieurs fois. Au tabac, à l'épicerie. Ça ne m'a rien fait de bizarre, pareil que si j'étais sorti tous les jours de l'année écoulée. C'était décevant. Rien n'avait changé et je ne me faisais pas du tout l'effet escompté d'un Robinson Crusoë se réadaptant péniblement. Je me suis néanmoins amplement félicité d'être resté planqué tant que ça pouvait durer, parce que ça caillait, les gens faisaient la gueule et je trouvais tout sordide, agressif et bruyant.

Les filles, surtout, étaient plus moches qu'à la télé. Notoirement moins souriantes et prêtes à des trucs gais.

Un soir, j'ai remonté une bouteille de Jack Da, je n'avais pas bu depuis un an, Catherine était straight-edge, végétarienne et non défonce. C'était bien tout ce que cette connasse avait retenu du rock'n'roll. Le premier verre était carrément désagréable, mais le second m'a bien réchauffé. J'ai fini mort pété, euphorique, persuadé que tout était rentré dans l'ordre, que j'allais en profiter pour trouver un appartement plus grand, me promettant d'écrire mon roman en six jours et trouvant la chose tout à fait faisable, question de mental. Quant à cette histoire de gamine, je ne voyais plus du tout en quoi ça me concernait. Je me suis vautré, les bras en croix, les Stooges à fond dans les enceintes, ivre mort et me félicitant de m'être débarrassé de cette emmerdeuse qui m'avait séparé de l'alcool. J'étais lourdement convaincu que c'était d'avoir arrêté de boire qui m'avait empêché d'écrire, et empêché de sortir...

Passé le deuxième jour la tête dans les wc, moins convaincu, à vomir plus loin que la bile, vomir des choses qui auraient dû rester dedans et j'ai renoncé à recommencer à boire. J'ai fini la bouteille de Jack dans l'évier et roulé un gros spliff pour faire passer le coma. Plus déprimé que jamais, mais incapable d'articuler une seule pensée entière, trop concentré sur la maladie. Ce qui avait son avantage, dans mon cas. Affalé dans le sofa, gant de toilette glacé sur le front, je me suis lamenté sur mon sort en regardant la télé.

AB1, une tribu de blacks en tenue de sport s'excitait face à la caméra, clips de rap en boucle, des putes et des lascars avec de grosses voitures, le grand triomphe du clinquant beauf. Canal J, images de synthèse, un engin de guerre du futur, une équipe coincée dedans et devant larguer des bombes au-dessus de l'océan à cause d'un problème de sonar. Tiji, un petit chien jaune de dessin animé faisait de la luge avec un copain chien à lui, tout gris. Cartoon Network, encore un dessin animé, un simili Batman tout miteux se battait avec un gars à cheveux gris, encore le futur, encore une armée, un monstre en cage avait l'air de vouloir se tailler. Fox Kids, dessin animé, le prince Frantz se battait avec un bonhomme à barbichette, à coups de sabre, le bonhomme voulait le balancer du haut d'une tour mais le Prince renversait la situation et finalement il se pavanait devant le peuple en liesse « vive le Roi » et une princesse blonde était drôlement soulagée. Disney Channel, dessin animé, des dragons et des serpents autour d'un petit gars enchaîné, une princesse dénommée Dee Dee sortait son épée mais les serpents s'énervaient. Game One, un crétin cherchait les « gaps et les endroits secrets » tout en promettant un tas de « tricks », rien que je comprenne. MCM, des filles sous une cascade d'eau donnaient des petits coups de pied en arrière. MCM 2, la même en mixte, un beau gosse et des putes gigotaient sur un parking, cette fois ils lançaient tous leurs bras à droite puis à gauche. MTV, des gamins sautillaient partout en prenant l'air très énervé…

J'ai commencé à scotcher, zappant d'une chaîne de piou piou à une autre. J'avais tanné Catherine, des mois durant, lui expliquant qu'un bon auteur est un auteur qui a toutes les chaînes du câble, que c'était un investissement important à faire. Elle avait fini par céder. Chaque occasion de me souvenir à quel point elle avait été arrangeante avec moi me redonnait la nausée.

J'ai passé la journée à regarder les programmes pour mômes. Ça déversait ferme de la daube, dans les chirauds des petits enfants...

Bouffer le cerveau aux moins de douze ans, s'assurer qu'ils prennent l'habitude de boire ce qu'il faut de coca par jour, pénétrer tous les crânes de gosses pour y enfoncer des mensonges : le bonheur, c'est être conforme, ça s'obtient en se payant des trucs, et pour ça il faut obéir, rentrer dans tous les rangs, que rien ne dépasse de non monnayable, et surtout ne jamais faire chier, être convenable c'est être heureux et être le premier, y a pas mieux. Une société d'adultes s'abattant sur ses propres enfants, en tout cynisme, les détruisant avec ardeur. Puisque tout ce qui compte, au final, c'est de satisfaire le chef du dessus : as-tu bien vendu tes burgers tes cd tes dvd tes baskets tes sacs à dos tes figurines tes beaux tee-shirts. Les as-tu vendus massivement, les as-tu vendus assez cher ? Que le chef du dessus soit content de tes résultats. Toute réflexion annexe sera taxée d'anachronisme et chassée d'un mouvement d'épaules.

Jamais propagande n'avait été mieux dispensée, et jamais propagande n'avait connu pareil cynisme. Même dans les pires bourrages de crâne, staliniens, hitlériens, sionistes ou palestiniens, catholiques ou scientologues, les professeurs avaient eux-mêmes été formatés, et croyaient en ce qu'ils dispensaient. On n'en était plus là, les directeurs de chaînes, les réalisateurs de clips, les producteurs de groupes, les cadres marketing, tous savaient pertinemment qu'ils escroquaient des innocents. Ils se croyaient modernes et durs, se comparant volontiers à de grands animaux féroces. Alors que c'était qu'un tas de corniauds voulant tous faire plaisir au chef, recevoir la petite caresse d'approbation. Collaboration frénétique, décervelée : pas même délibérément diabolique. Bêtement dévastatrice. Barbouzes crétins voulant séduire des gosses, et prêts à tout pour ça.

Le sordide du truc m'a glacé, je n'y avais jamais prêté attention, avant. Je ne prêtais plus attention à grand-chose, comme beaucoup de gens m'entourant. On avait fini par confondre indignation et peine perdue, on se contentait de tirer notre temps en prenant tout au dérisoire, on s'était habitués à l'idée que tout était foutu, pas la peine d'en faire un ulcère. L'histoire nous avait donné tort, définitivement, on avait appris à prendre la colère pour une émotion désuète.

Revenant sur les chaînes pour adultes, j'ai vu un bout de *Sailor et Lula*, me suis souvenu de l'été de sa sortie. Et je n'ai pu me retenir de penser qu'elle n'était pas encore née. Il y avait eu un temps sans elle, et puis elle était arrivée. Cet enchantement chelou, je l'ai retourné dans tous les sens, j'y comprenais que dalle. Qu'elle ait quelque chose à voir avec moi me répulsait et m'attirait.

Qu'est-ce que j'étais, pour elle, au juste ? Un géniteur qu'on veut voir de ses yeux pour ne plus y penser. Un absent. Un mort. Un concept.

Je me suis dit que ça manquerait trop de classe, un papa qui n'aurait pas de voiture. Je me suis promis de faire comme ça : passer le permis, trouver une caisse. Et alors, envisager de la rencontrer. Comme ça je pourrais la klaxonner, de loin, pour lui montrer où je suis.

Je repoussais moins ce genre de pensées que les jours d'avant. J'étais fatigué d'endiguer mon cerveau de toutes parts, trop d'assauts pour ma tête.

Je ne croyais pas encore à tout ce qui m'arrivait. Un enfant obstiné, planqué dans ma poitrine, avait croisé ses bras et boudait, attendant qu'un genre de Dieu descende du plafond, un adulte responsable, et remette tout ça en ordre, promptement.

En clair, j'attendais que Catherine m'appelle et me dise qu'elle ne pouvait pas vivre sans moi, qu'elle rentrait et s'occupait de tout.

Mais, au bout de sept jours, le seul coup de fil que j'aie reçu d'elle a été pour me demander si je dégageais bien le lendemain.

C'est le terme exact qu'elle a employé : « dégager ».

J'ai demandé à ce qu'on se voie, qu'on en parle, mais elle tenait absolument à me foutre dehors comme un malpropre.

Regard circulaire autour de moi, j'ai pensé foutre le feu avant de partir, puis j'ai sorti un sac, fait le tour de l'appartement en le remplissant de cd et de pulls.

J'ai pris des clopes, l'enveloppe de beu où il ne restait que des graines, mon portable et mon portefeuille, et je suis parti, sans fermer la porte derrière moi.

Je m'attendais à un choc fulgurant, une déflagration mémorable, mais que dalle. J'ai commencé à réaliser que le choc provoqué par l'annonce d'Alice avait été tellement violent que je m'étais anesthésié. Comme chez le dentiste la piqûre dans la bouche et ensuite il faut quelques heures pour sentir si on se mord la langue. Je ne sentais plus rien. Ça n'avait rien d'amniotique, comme la morphine, mais c'était quand même bien pratique.

J'ai appelé Thierry, qui était mon vieux pote d'enfance :

— Je suis dans la galère, vieux, je peux passer te voir ?

Il était embarrassé, je me suis douté que sa copine était dans la pièce, elle n'a jamais pu me saquer, elle disait de moi que j'étais une nuisance. C'était depuis qu'il était avec elle qu'on avait cessé de se voir. Il m'a filé rencard dans un pauvre bar en bas de chez lui. J'y suis allé en bus, pour voir si ça me faisait de l'angoisse ou si je supportais bien. Arrêt du 31, j'attendais à côté d'une dame avec poussette et bébé dedans qui braillait, vieux monsieur tout voûté crachant quand il toussait, un Chinois portait des sacs de course énormes. Quand le 31 est arrivé, j'ai tenu le bouton vert enfoncé le temps que la dame à poussette monte, elle ne m'a pas remercié, toute méfiante et fuyante, je me suis félicité tout seul, pour mon civisme, ma galanterie.

Contrôle dans le bus, pour la première fois que j'utilisais les transports en commun depuis des mois et des mois, je le prenais sans ticket, et ça ne m'étonnait pas que des contrôleurs me tombent dessus. J'ai toujours eu tellement de la chance.

J'ai été sauvé par un gamin d'une quinzaine d'années, un grand Blanc à l'air niais, avec des cheveux un peu longs et un peu ondulés, drôle de choix de coupe. Il ne voulait montrer ni titre de transport ni pièce d'identité, tout offusqué, il a mis un souk pas possible. Il insultait la femme en vert qui s'occupait de lui, les deux collègues sont aussitôt intervenus, ils voulaient qu'il descende et les accompagne au poste mais le gosse s'est mis à hurler comme un miséreux. Ils l'ont un peu poussé, il a prétendu qu'ils lui avaient cassé la cheville, est devenu menaçant « je vais porter plainte ». Franchement, ça les a saoulés, ils l'ont traîné dehors sans ménagement.

Personne, dans le bus, n'a montré ni sympathie, ni intérêt, à peine un peu d'agacement, le gosse était trop bruyant. Il était manifeste qu'ils auraient pu le rosser de coups de pied, ça n'aurait soulevé le cœur de personne. C'était un bus de Parisiens, on faisait abstraction de notre prochain.

J'ai compris que c'était comme le vélo : ça ne s'oublie pas, l'abjection.

J'ai trouvé Thierry un petit peu voûté, comme si sa meuf lui avait appuyé dessus. Il n'avait jamais eu tellement de succès avec les filles. Au fond, c'était une des explications à notre amitié. Bien que je n'aie jamais voulu l'admettre, c'était agréable de traîner avec un pote à qui les filles ne s'intéressaient pas, c'était bêtement valorisant et très pratique : pas de compétition, pas de faux bond, pas de soupçon. Que les bonnes femmes l'apprécient peu ne l'empêchait pas d'être un bon pote, loyal, crétin, fêtard, fan de Motorhead et des Lions indomptables du Cameroun.

Je me suis assis en face de lui.

— Tu ressembles un peu à Salman Rushdie, en blond, j'avais jamais remarqué.

— M'étonne que t'as plus beaucoup de copains, toi.

— Putain, c'est pas de chance, ça, avoir la gueule de Salman Rushdie sans faire de bouquin, c'est pas de chance. Déjà, en faisant des livres, c'est limite...

Je me frottais les cuisses en lui parlant, et ne tenais pas en place sur ma chaise. J'étais bizarrement euphorique, et surexcité. Il a demandé, sur un ton suspicieux que j'ai trouvé presque humiliant :

— Qu'est-ce que tu fous dehors ?

— J'ai arrêté les crises d'angoisse. J'en ai plus rien à foutre, j'ai même du mal à comprendre ce que j'ai foutu enfermé tout ce temps. Ça tombe bien, tu me diras, parce que Catherine s'est trouvé un nouveau mec et elle m'a foutu dehors.

Il a spontanément compati. Toute sa méfiance s'est envolée. Il en avait un peu bavé, avec les filles :

— Elles font chier, putain, elles font chier...

— Ce qu'il y a de bien chiant, c'est que je m'étais tellement laissé materner que maintenant je suis top dans la merde. J'ai arrêté de travailler, j'ai plus d'appartement… Je suis à la rue de chez à la rue, elle m'a complètement infantilisé avant de me jeter comme un malpropre.

Là, en revanche, je l'ai senti qui renâclait, sur ma théorie d'une Catherine-sorcière cherchant sciemment à me faire retomber en enfance pour mieux me briser au final. Je n'ai rien dit, mais ça m'a énervé. À quoi ça sert d'être potes si ça n'est pas pour s'encourager dans la mauvaise foi ?

Il s'est tout de suite défendu :

— Je vais pas pouvoir te dépanner, pour l'appartement, tu sais comment est Célia, elle…

— Elle peut pas me blairer, je sais.

— Pis elle est pas facile, tu sais, elle est pas facile.

Pour que Thierry se plaigne d'une fille qui voulait bien de lui, je me suis dit qu'elle devait vraiment être chiante. J'ai moitié espéré qu'elle lui mettrait bientôt un shoot, qu'on puisse se retrouver entre potes, comme avant.

J'ai eu mal au dos, brusquement, un élancement insupportable. Je me suis cambré, étiré, j'écoutais d'une oreille distraite Thierry me raconter la dernière convention du disque à Champerret. C'était un collectionneur. Quand il était gosse, il aimait bien les disques, puis ça s'était aggravé, petit à petit, moins sa vie était intéressante, plus il se concentrait sur les disques rares. Bien que ça reste amusant de le voir taper doucement le vinyle pour en évaluer l'épaisseur, ça devenait limite n'importe quoi, à la longue, son affaire.

Thierry m'a semblé glauque, d'un seul coup. Me renvoyant à l'âge qu'on avait. Parce qu'il avait mal vieilli. Tempes dégarnies, sapé comme un vieux hard-coreux, mais sans la grâce. Vu le genre des sapes, il faut la grâce, sinon, c'est pas joli joli.

Je me suis souvenu du pourquoi j'avais arrêté de sortir, arrêté de boire, pourquoi je m'étais éloigné de tous mes potes. On se faisait vieux, tous, et on ne savait pas s'y prendre. Je ne voulais pas être témoin de ça.

Je lui ai quand même raconté mon truc avec Alice, bien qu'il ne se souvienne même pas d'elle : « T'en as attrapé tellement, des filles, je me souviens pas de toutes. » Thierry me prenait pour un énorme tombeur.

Il a éclaté de rire, m'a tapé sur l'épaule en m'appelant « papa ». J'ai failli mal le prendre, et puis ça m'a donné le fou rire. C'est vrai que c'était assez comique. Si ça ne m'était pas arrivé à moi, ça m'aurait tout de suite semblé drôle, aussi.

Ça nous a ressoudés, un moment. J'ai même failli me commander un demi, mais je me suis imaginé le soir même, bourré dehors avec mon sac, ronflant sur un trottoir, et ça ne m'a trop plu alors je suis resté bien tranquille, à triturer mon verre de limonade. Pendant une heure, tout était comme avant.

Il a fini par me demander, comme il fallait que je m'y habitue :

— Tu vas la voir, alors, la petite ?

J'ai levé la main :

— Assez d'emmerdes, merci.

Il a haussé les épaules :

— T'as tort de le prendre comme ça. C'est plutôt une chance. T'as une gamine, ça veut dire que tu te retrouveras jamais comme un con qui a rien fait. Et, en même temps, t'as évité la case couches-culottes, je dégueule partout et je dégouline de morve. C'est plutôt une chance.

J'ai considéré son point de vue, avec incrédulité. Puis, il a rallumé son portable, sursauté en voyant l'heure, a retourné les tickets de conso et sorti la monnaie pour payer. On a fait les commentaires d'usage :

— Putain, j'y crois pas comme c'est cher dans cette ville.

En se levant, il m'a demandé de l'accompagner jusqu'au crache-thunes, faute de pouvoir m'héberger il proposait de me prêter mille francs, s'excusant de ne pas pouvoir faire mieux et j'ai fait remarquer que c'était déjà bien aimable et promis de les lui rendre rapidement. Chaque fois que je taxais des thunes et qu'on me les filait gentiment, ça me faisait ce rush de reconnaissance en même temps qu'un ressac de honte, et, pendant quelques heures, j'étais ragaillardi, bien décidé à choper ce foutu taureau par les cornes et l'envoyer valdinguer loin de moi. Cette vaillance ne me faisait pas long feu : très vite, j'avais tout claqué, et j'étais de nouveau aux prises avec l'angoisse et la rancœur.

Il s'est dandiné sur le trottoir, embarrassé de me planter là, le soir tombait :

— Bon, ben... On se tient au courant ?

On a échangé des sourires forcés, puis on s'est tourné le dos. Je me suis senti comme un gosse quand il faut quitter les potes de colo. On ne pleure pas quand les potes s'éloignent, pas dans la tradition. On ne fait pas sa lopette, on n'en fait pas une maladie. N'empêche qu'avec aucune fille, avec aucune autre personne, je n'avais partagé autant de choses. Le meilleur de ma vie, sans doute, à se pousser du coude et se payer des coups, fouiller les bacs à disques et se presser aux concerts, se sentir, sans même s'en rendre compte, comme un être à deux têtes, cerveaux fonctionnant en réseau.

Puis les gens autour de nous qui étaient des amis étaient devenus grands, parlaient d'argent, de réussite, commençaient à faire des enfants, en même temps que des plans de carrière. Moi et Thierry, on avait obtenu quelques années en rab, tiré sur la corde comme des invincibles. Puis, ça avait été fini de rire, tirage de rideau sur la scène et maintenant je ne voyais pas bien où tout cela voulait en venir.

*

Je me suis retrouvé à l'hôtel, boulevard Barbès, à côté du Champion. Une chambre assez crasseuse, mais sans exagération.

Je me sentais super bien. Des mois que je traînais une vieille dépression, comme un rhume dont on ne peut se défaire, et maintenant que j'étais bien dans ma merde et que je ne voyais plus comment m'en sortir, j'étais content comme un gosse à qui on a promis de beaux jouets.

Je me suis allongé, tout habillé, walkman sur les oreilles, j'ai écouté les Stooges. Telle la madeleine de Proust de base, *1969* faisait défiler visages, décors, ambiances... je me suis senti lourd de souvenirs, mais, ce soir-là, ça ne me déplaisait pas...

J'ai roulé un dernier pétard, et admis avant de m'endormir que toute cette joie n'était pas qu'organique, réaction du cerveau pour parer à la catastrophe. Elle prenait racine en une évidence : j'avais envie de voir à quoi ressemblait ma fille.

Le lendemain matin, j'appelais Alice pour la prévenir.

Deuxième partie

PÈRE ET FILLE

« Mon père disait aussi : ce monde-là est raté, il n'y a aucune raison pour que l'autre soit plus réussi. »

Paul Morand

Escalators, pour remonter à la surface, en sortant du métro. Spontanément, les gens se mettaient en file, à droite, pour laisser ceux qui sont pressés crapahuter vers le sommet. Le ciel se découpait progressivement, carré de lumière frappante, allant s'agrandissant.

Alice m'attendait devant le parc où on s'était donné rendez-vous, j'ai remarqué une grande fille à côté d'elle, beaucoup trop grande pour être Nancy.

Je faisais moins le malin, j'aurais volontiers fait demi-tour, rentrer en courant à Barbès. J'ai ressenti toute l'injustice de la situation : me retrouver coincé dans ce corps d'adulte avec mon cerveau de petit garçon. Si les choses avaient été bien organisées, ma maman à moi me conduirait, me tenant fermement la main, me dirait quoi faire quand et comment, et braillerait si je déconnais. Mais, au lieu de ça, voilà qu'il fallait que je m'avance d'un pas assuré, rassurant, pour rencontrer ma fille de treize ans.

Je me suis approché, j'ai compris que c'était bien elle, je me suis incliné :

— Enchanté. Dis donc, t'es drôlement grande.

Jamais je ne me suis à ce point félicité d'être un putain d'hypocrite. J'avais scotché un grand sourire confiant sur ma face, et je ne l'ai pas quitté une seule seconde. J'étais à ce point terrorisé que si on m'avait pris à part, sur-le-champ, et demandé à quoi la petite ressemblait, la couleur de ses cheveux, quel manteau elle portait, si elle était jolie, je n'aurais pas su répondre. Je ne voyais plus rien, plus aucune information n'était traitée, je me contentais de sourire comme un con, de rester debout et de ne pas fuir.

J'ai vaguement repensé que j'enculerais bien Alice. On pourrait même faire un tas de trucs, en fait.

Cette dernière n'a pas pris la peine de donner le change, elle était glaciale, tendant sur le désagréable. Elle s'est éclipsée rapidement, sans un regard pour la gosse, aucun geste signifiant « je suis désolée que ça se passe comme ça » et aucun mot gentil « je vous souhaite que ça se passe bien ». Probablement mise en retard pour un rendez-vous important, la mutante a sauté dans un taxi en demandant que je remonte la gosse à la baby-sitteuse. Je n'avais pas envisagé une seule seconde un déjeuner en tête à tête, je pensais m'asseoir en face d'Alice et la chose, les observer peinard en répondant à une ou deux questions. J'étais sidéré que la mère me confie la fille sans s'inquiéter de savoir si je n'étais pas devenu totalement dingue.

J'osais à peine regarder Nancy :
— T'as faim ?

D'un ton faussement enjoué, pimpance mal plaquée sur l'angoisse, comme du parfum sur de la sueur.

Elle a fait oui de la tête et a foncé dans la brasserie la plus proche. J'ai dû devenir un peu livide, vu le genre d'endroit que c'était et le peu de cash que j'avais sur moi, on courait tout droit au désastre. Mais je n'ai rien dit. Je me suis contenté d'être crispé, calculant mentalement combien il me manquerait et cherchant qui appeler à l'aide.

J'ai fini par envoyer un texto à Sandra : « tu peux être fière de toi je suis Porte Champerret avec la petite mais pas de quoi payer notre dej. Help ». Elle a aussitôt textoïsé en retour : « j'arrive » et je me suis dit qu'après tout elle n'était pas si conne que ça.

Nancy me regardait jouer avec mon téléphone avec un air blasé-navré. Les derniers doutes que je pouvais nourrir sur ma paternité se sont évanouis. Elle me ressemblait, c'était le cauchemar. Des bouts de ma tête mêlés à des morceaux du visage de sa mère, avec des cheveux qu'on n'avait ni l'un ni l'autre, la bouche de ma mère et quelque chose dans le menton qui devait lui venir du père d'Alice, de ce que je m'en souvenais. En bref, elle était toute chelou, mais incontestablement de la même famille que moi.

Je la regardais avec inquiétude. Premièrement, ma petite fille n'était plus du tout une petite fille. Elle m'arrivait à l'épaule, avait des attitudes de dame et, si on m'avait demandé mon avis, je lui aurais donné dix-sept ans, facile. Deuxièmement, ma petite fille ne s'habillait pas du tout comme une petite fille. Je m'efforçais de sourire en regardant comment elle s'était attifée pour le jour où on se rencontrait, faisant semblant d'avoir de l'humour, du recul et vachement de tolérance, mais, au fond, je le prenais en pleine gueule.

Pumas déformées, délavées, pantalon de survet gris pourri, qu'elle portait taille basse, comme elle était un peu grosse, ça lui faisait bourrelet apparent, et j'ai soupçonné que ça lui plaisait, de pas avoir le corps qu'il fallait. Quelque chose d'agressif en elle, d'un peu flippant. Pauvre pull à capuche, troué aux poignets, d'un verdâtre moche. Je n'ai pu éviter de noter qu'elle avait des sortes de seins qui pointaient, deux trucs pointus très bizarres, totalement incongrus. Ses cheveux tombaient sur son visage, qu'elle gardait renfrogné, je la sentais très habituée à faire la gueule.

Elle se faisait chier, le manifestait clairement. Tête posée sur sa paume, coude sur la table, elle se déformait consciencieusement la joue en regardant les vieilles de la table à côté.

Il fallait que je trouve quelque chose à dire, je regrettais d'être venu et me rassurais en me répétant qu'on ne m'y reprendrait pas. Un steak purée et puis basta.

Elle a consenti à tourner la tête vers moi, a bâillé bouche en grand, puis m'a mis au parfum :

— J'imagine que maman t'a raconté que je voulais te voir, mais en vrai j'en ai rien à foutre.

— Je suis ton père, quand même !

J'ai lancé ça d'une pauvre voix de tête, tout pincé. Ça m'a surpris d'avoir sorti ça avec cette virulence navrée et je suis parti dans un fou rire.

Elle avait arrêté de faire semblant d'en avoir rien à foutre de rien. J'ai vu qu'elle commençait à flipper, à se demander si je n'allais pas lui foutre une honte formidable, à ce qu'elle s'est tassée, super comiquement, en jetant un regard épouvanté autour d'elle. Ça m'est revenu, intact, la honte que j'avais à son âge quand je voyais comment certains adultes se comportaient, se donnaient en spectacle, étalant connerie crasse, ratage sur toute la ligne et manque de dignité. L'épouvantable peur d'être assimilé à eux. Je n'avais plus repensé à cette émotion depuis, et la tête que faisait la gosse m'y a reconnecté direct. Brièvement, j'ai plongé dans ses yeux en finissant de rigoler. Je me suis forcé à être brave :

— Moi, j'ai été surpris d'apprendre que tu existais. Sur le coup, ça m'a catastrophé. Mais, au bout de quelques jours, j'ai compris que c'était plutôt marrant et j'ai vraiment eu envie de te voir.

Je me grattais la tête en parlant, hésitais entre chaque phrase, faisais étalage de mon embarras pour provoquer son indulgence. Elle s'est frotté le nez en ployant rapidement la nuque, me jetant un coup d'œil en dessous, très bref, me jaugeant, un geste souple et viril, un geste de lascar, typique. Ça m'a surpris, je me suis demandé où elle était allée copier ça.

J'avais beau gesticuler chaque fois que je les voyais, les garçons du café faisaient semblant qu'on n'était pas là, j'étais à moitié sûr qu'ils le faisaient exprès – pas forcément sciemment, mais exprès – parce qu'ils flairaient le crevard, le pauvre cave qui n'a pas les moyens d'être là.

Nancy avait commencé de m'étudier, franchement, inexpressive et attentive. J'ai demandé :

— Je te déçois ?

— Non, non, maman m'avait prévenue.

— De quoi ?

— De pas me faire des idées.

— T'aurais voulu un père comment ?

— Avec une grosse moto.

— Moi, je prends le métro...

— Maman m'a dit que t'étais un peu comme un clodo.

Ce qu'elle semblait trouver assez intéressant, comme postulat social.

On a fini par réussir à passer commande, elle a pris des lasagnes en entrée et un steak-frites en plat, j'ai sifflé admirativement :

— Tu sais combien ça coûte, ici ?

— J'ai faim.

— Ça change que dalle au prix que ça coûte.

Ça l'a laissée franchement pensive, j'ai eu l'impression qu'elle se demandait à quel degré le prendre.

Elle mangeait en se voûtant, scrupuleusement affalée sur son assiette, une mèche de cheveux frôlant la bouffe. Fourchette plantée dans la paume comme si elle pelletait le contenu de son assiette, morfalant le truc en trois mouvements.

Là, elle m'a franchement fatigué, j'ai lâché :

— Tu veux que je t'écrase ta gueule dedans ?

Elle s'est redressée aussi sec, visiblement satisfaite de ma réaction. Je me suis souvenu que c'était une adolescente, et que c'est pas connu pour être un âge con pour rien.

Je lui ai demandé si elle écoutait de la musique, elle s'est animée pour la première fois du dej, comme quoi avant elle était Britney et Jay Lo mais que cette année, elle était un peu vieille pour ces conneries. Elle m'a cité une tripotée de groupes hip-hop estampillés Sky Rock, dont je n'avais jamais entendu parler. Elle a entrepris de m'en chanter des extraits, en faisant des gestes de dur avec ses petites mains et en prenant un accent cocasse pour imiter celui de la banlieue. J'ai cru comprendre qu'elle désirait que je sois choqué par la vulgarité des paroles. Mais je n'avais pas encore ce truc de responsabilité inquiète qu'on finit par choper avec les gamins qu'on fréquente. Tout ce que je voyais, c'est une gamine à belles joues bien rebondies et les yeux tout brillants, se dandinant dans une brasserie du dix-septième en débitant des blasphèmes bidon. Elle ressemblait à un écureuil de dessin animé. Elle a conclu :

— J'écoute vraiment plus que du hip-hop. Ça fait vachement chier ma mère, vu comment elle est raciste.

Tout son discours était ponctué de piques, lancées avec une fausse candeur. Elle larguait mine de rien des bombes-test, tout en jetant un coup d'œil rapide, pour évaluer ma réaction.

J'avais peur qu'elle s'ennuie, qu'elle soit déçue, qu'elle me trouve nul. Je forçais un peu sur le sympathique. Je cherchais tout le temps quelque chose à lui dire. J'ai désigné les poignets de son sweat, tout déchirés :

— Qu'est-ce qui est arrivé à ton pull ?

— C'est moi qui les mords.

Elle m'a montré comme elle faisait, tenant sa manche à pleines dents et tirant dessus comme une débile. Je ne savais pas trop quoi lui dire :

— Eh ben, t'as l'air maligne.

Constatant que ça ne m'interloquait pas plus que ça, elle s'est détendue encore d'un cran. Elle devait en avoir sa claque d'être entourée d'adultes flippés. Ça m'a confusément rappelé quelque chose, de mon adolescence. Grandes personnes dramatisant tout, se jetant sur la moindre occasion pour se donner raison : ce gamin est intenable, on ne sait plus quoi en faire.

— Et toi, t'as des enfants ?

— Non. Enfin, pas que je sache.

Elle n'a pas caché sa déception. Je me suis justifié :

— C'est pas que j'aime pas les gosses mais j'ai pas eu ce genre de vie...

— T'as pas de fils, alors ? C'est con. J'aurais bien voulu avoir un grand frère. J'en ai eu un, une fois, un fiancé de maman avait un fils de quatorze ans. Il avait un scooter, il devait m'emmener faire un tour, mais ça s'est jamais fait... Maman s'est engueulée avec son copain.

Elle avait dit « il avait quatorze ans », comme j'aurais dit « il jouait de la guitare dans les Bad Brains », avec un respect impressionné.

— T'as eu beaucoup de... beaux-pères, depuis que t'es petite ?

— Un paquet, ouais... Pis y en a eu, c'était des cons. Les cons, ça nous connaît, moi et maman.

— Et celui de maintenant, il est bien ?

— C'est le mieux qu'on ait eu.

— Il est plus gentil ?

— Il est beaucoup plus riche.

Contrairement à d'autres réflexions, celle-là n'était pas piégée. C'était dit sur le ton de l'évidence, sans se rendre compte du côté bizarre.

J'aurais aimé qu'on se connaisse mieux, pouvoir la serrer contre moi et lui dire que c'était des conneries, de pas marcher dans cette combine.

Au dessert, Nancy touillait furieusement son chocolat, s'appliquant à en faire une bouillie compacte, comme une toute petite fille, cette fois.

Deux versions bien distinctes d'elle-même se disputaient dans un seul corps et se partageaient le temps d'action. Entre la montre Kitty et le bracelet clouté, elle n'avait pas encore choisi son camp.

J'ai commencé de flipper que Sandra ne vienne pas et de lui envoyer des textos inquiets. Sensation de menace imminente, oppression, devoir faire face à des situations me dépassant, tout ça me revenait, familier. Comme avant que je m'enferme. Ne plus en pouvoir. Au premier petit détail qui cloche, se sentir submergé. Nancy me regardait m'énerver sur le portable :

— T'écris à ta chérie ?

— J'ai pas de chérie. J'écris à une copine qui doit me ramener des thunes.

— Pour quoi faire ? Pour payer le manger ?

Encore une fois, ça m'a frappé : elle avait des saillies de banlieue. Je me suis dit que ça devait être les effets pervers des quotas de chansons françaises à la radio, qui avaient donné à des gosses de riche l'envie de parler comme des pauvres.

Elle a tiré un portefeuille de son petit sac :

— J'ai de quoi, moi, t'inquiète pas.

Et la petite liasse de billets qu'elle en a extirpé le confirmait Cette branleuse avait de quoi. J'ai secoué la tête, en me forçant à rire :

— Ça va pas la tête ?

J'avais déjà mis du temps à m'habituer aux filles qui se débrouillaient mieux avec l'argent que moi. Maintenant, c'était carrément les gosses qui se trimbalaient avec plus de billets que moi. Et que ça soit ma fille n'arrangeait rien de mon désarroi. J'étais furieux, en vrac, contre moi-même, contre le monde, contre sa mère... Cible indistincte, mais colère démarrée.

Sandra promettait d'arriver, « bloquée en taxi, mais pas loin, j'arrive ». On ne savait plus bien quoi se dire. Nancy récapitulait :

— Tu crois qu'on se reverra ?

Moi, solennel, responsable et rassurant :

— Si t'en as envie, si ta mère est d'accord, ça se peut.

Elle a embrayé, implacable :

— Tu m'emmèneras en boîte ?

— T'es trop jeune.
— Tu me laisserais me teindre les cheveux en bleu ?
— Non. Je crois pas que ta mère apprécierait.
— Tu m'emmèneras me faire percer la langue ?
— Non.
— Tu me feras faire un tatouage ?
— Non.

Elle a soupiré, vaincue devant tant d'injustice. En désespoir de cause, d'une toute petite voix, elle a essayé encore :

— Tu m'emmèneras m'acheter des baskets à semelles compensées ?
— Tu vois bien que j'ai pas de thunes.

Elle a fait un effort d'imagination, cherchant ce qu'elle pourrait bien obtenir :

— Et tu connais pas Joey Starr, par hasard ?
— Non.
— Bon... tu m'emmèneras à l'Aquaboulevard ?
— Pas de problème.
— Cool.

La volée de « non » qu'elle venait d'encaisser l'avait zéro ébranlée. Elle a réfléchi un moment, puis nonchalamment déclaré, crâneuse :

— En vrai, je savais très bien que t'étais pas mort, j'avais deviné.
— T'avais deviné comment ?
— Y a pas de jour anniversaire de ta mort, y a pas de photo de toi à la maison, on voit jamais tes parents... J'ai des copines, à l'école, leurs pères

75

sont morts, ça se passe pas du tout comme chez moi.

— Et t'avais pas envie de savoir où j'étais ?

— Écoute, j'ai vraiment un tas de trucs à faire, tu sais. Je m'en serais probablement occupée, mais... plus tard.

Elle s'adressait à moi comme on s'adresse aux vieux : avec précaution, ménagement, voulant m'épargner la brutalité du réel.

— C'est vrai que t'as fait des fugues ?

— J'ai séché l'école deux fois et je suis rentrée à dix-neuf heures, tu parles d'une expédition !

— Et qu'est-ce que tu faisais pendant que tu séchais l'école ?

Elle a haussé les épaules, menti très mal, en évitant mon regard et relevant le menton, bravache :

— Je me suis promenée, j'ai pris le métro, je suis allée au ciné...

Elle disait « j'ai pris le métro » comme elle aurait dit « j'égorge des vieilles », une activité pleine de violence et de vice, supposée tirer de hauts cris des grandes personnes un rien sensées.

Je me suis demandé à quoi cette petite fille mal dévergondée occupait ses journées buissonnières. Elle a repris ses essais :

— Tu m'achèteras un portable ?

— No way.

Sandra est arrivée à ce moment-là, au top de sa forme. Depuis deux ans qu'on se parlait au téléphone presque tous les jours, je ne l'avais pas revue une seule fois. J'ai compris pourquoi elle avait mis autant de temps à venir, ça avait dû lui prendre du temps à se préparer pour déchirer à ce point. Robe bleu électrique sur un pantalon noir brillant, ses cheveux noirs lâchés en parure sur les épaules, talons hauts noirs, godasses qu'on aurait crues sorties de la Deuxième Guerre mondiale et qui lui donnaient une démarche à la fois féminine et autoritaire, manteau long en peau de quelque chose, qui la rendait funky. Poitrine lourde, hanches bien dessinées, les yeux gris-bleu très clairs, peau blanche parsemée de taches de rousseur. Nancy la dévorait des yeux, oubliant d'être aussi sceptique que son âge l'aurait recommandé. Quand Sandra a sorti la main de sa poche pour la lui tendre et que la môme a repéré les bagues énormes, têtes de mort, aigles et pharaon, façon Hell's, j'ai cru qu'elle allait défaillir.

*

J'ai laissé Nancy en bas de chez elle. Je serais volontiers monté jeter un œil sur la baby-sitteuse, mais la môme n'avait pas l'air d'y tenir.

J'ai appelé Alice pour lui dire que tout avait été OK. Je croyais que ça allait faire patati patata « et comment tu la trouves » « est-ce qu'elle a bien mangé » et « félicitations, ça a dû être très difficile pour toi », mais la mère était « trop charrette » pour discuter avec moi. Je me suis fait brièvement remercier, et promettre d'être « recontacté ».

Sandra m'attendait au comptoir de la brasserie.
— C'est rigolo de te voir dehors.
— Dire qu'il m'a fallu deux ans pour faire comprendre aux gens que je ne pouvais pas sortir, et, maintenant qu'ils ont grosso modo assimilé le concept, ça va me reprendre deux ans pour qu'ils intègrent que je suis ressorti...
— Pas de crise d'angoisse ?
— Pas encore. Mais bon, j'ai toujours mes Lexomil sur moi, plus du Stressam, de l'Equanil, de l'Urbanil, mes lunettes noires et des drôles de pilules orange qu'on m'avait filées pour ma main et qui stonent super bien. J'ai du Diantalvic, aussi, ça détend bien.
— T'as trouvé où squatter ?
— Je suis à l'hôtel à Barbès.
— Ah ouais, parce que c'est pas cher.
— C'est surtout pour les frangines. Le matin, je descends prendre un café au bar en dessous, je me mets près de la vitre et je les regarde passer. Je voudrais toutes leur faire des enfants.
— Ça y est, ça t'a donné envie ?
— C'était une formule poétique.
En vérité, j'étais à Barbès parce que c'était pas loin de chez elle. Sandra a soupiré, longuement :
— Tu veux venir habiter chez moi ?
— Ah ben quand même !
— T'es lourd. Tu le sais très bien que ça m'arrange pas.
— Tu crois que ça m'arrange, moi, d'être à la rue ? Mais faut pas que ça t'inquiète : on va s'entendre superbement bien...

*

On est sortis chercher un taxi. Il y avait un petit peu de brouillard et les voitures circulaient difficilement, ça klaxonnait régulièrement. Je surveillais Sandra, du coin de l'œil.

Je ne savais pas qu'elle se pomponnait à ce point pour sortir, ni qu'elle portait un rouge à lèvres si rouge, ou des bagues de bikers aux doigts. C'était un peu angoissant, subitement, de me retrouver à sa merci.

La place était tout embouteillée, c'était moche à pleurer, toutes ces voitures avec des cons tout seuls dedans, qui ne roulaient pas, empêtrées. Vraiment le pénitencier. J'ai pensé à Nancy, ça m'a rendu brusquement triste. Sandra sautillait d'un pied sur l'autre pour se réchauffer, elle a remarqué :

— Bizarre, la môme à quel point elle te ressemble... Ça doit te faire drôle.

— J'ai les boules de pas l'avoir connue quand elle était toute petite. Et j'ai les boules qu'elle me connaîtra jamais quand j'étais jeune. Je me demande quel type j'aurais été, si elle me l'aurait dit.

Durant mes années avec Catherine, j'avais appris à repérer mes fautes de syntaxe, après les avoir faites, sans pour autant savoir les éviter. J'en étais fier, quand je l'avais rencontrée, de parler comme un débile. Je crois que ça me semblait viril, preuve que j'avais passé du temps dehors ou je ne sais quelle connerie. En me rendant compte, à son contact, que j'étais condamné à parler comme ça, que je n'avais pas le choix, ça m'avait fait moins rire. Les pièges où on se prélassait comme un con, une fois qu'ils se refermaient pour de bon, c'était trop tard pour se rendre compte.

Repenser à Catherine m'a fait un peu tourner l'humeur, j'ai serré la main sur mon portable, je n'arrivais pas à croire qu'elle ne m'appelle jamais. Est-ce qu'elle était vraiment mieux maintenant qu'elle s'était débarrassée de moi ?

Un taxi s'est arrêté devant nous, conduit par une rebeu toute menue, physique de lutin, cheveux courts. Elle conduisait comme une maboule et tirait sur un petit pétard. Un morceau de raï triste comme un blues remplissait toute sa voiture.

J'ai remarqué, pensivement :

— Le problème de cette gosse, j'imagine que ça va être sa mère.

Sandra a renversé la tête en arrière, j'ai remarqué qu'elle semblait éreintée :

— C'est un peu vrai pour toutes les filles.

Elle a fixé le plafond de la caisse un long moment, immobile, mains jointes sur le ventre. Je regardais par la vitre, tous les passants tiraient la gueule, attendant que les voitures aient fini de transiter pour prendre le droit de traverser.

Sandra a relevé les bras pour les croiser derrière sa tête, sa poitrine s'est soulevée, tendue, offerte. Je n'avais jamais pu décider si les filles le faisaient forcément exprès, quand elles faisaient ce genre de truc, ou si c'était possible qu'elles le fassent vraiment sans se rendre compte.

J'ai retourné mon regard par la fenêtre, mais j'étais déconcentré. Est-ce qu'ils étaient fermes sous la paume, est-ce qu'elle aimait qu'on lui mordille les tétons, comment elle se tenait pendant le truc, est-ce qu'elle fermait les yeux, est-ce qu'elle chantonnait, ses cuisses avaient l'air confortables, ça m'avait choqué dès la première fois qu'on s'était vus. Elle faisait un peu trop pétasse libérée pour vraiment me rendre raide dingue, mais suffisamment appétissante pour me donner envie quand même.

La chauffeuse de taxi s'est intéressée à notre cas :

— Vous parlez d'une petite fille de quel âge ?

— Treize.

Elle a sifflé, très impressionnée :

— Faut faire gaffe aux filles de cet âge-là. C'est là qu'on peut se faire très très mal.

Sandra s'est aussitôt redressée, sourire entendu scotché sur la face, elle s'est penchée vers le siège conducteur et elles ont entamé une conversation de pures sorcières, à laquelle je ne comprenais rien. Elles hochaient la tête d'un air entendu. Comme personne ne s'occupait de moi, j'ai enfoncé ma tête dans mes épaules et repris ma contemplation du paysage. Putain de belle ville, putain de carnage.

Tant qu'il ne s'agissait que de moi, l'aspect « gros pénitencier tenu par des barbares » de l'époque me faisait plutôt ni chaud ni froid. Maintenant que je pensais à Nancy qui grandirait là-dedans, viendrait éteindre sa bouille bondissante au contact de cette réalité-là, le sordide de la chose commençait de ronger mes tripes.

*

Sandra a fait tout très correctement, une fois arrivés chez elle. Elle m'a désigné mon coin : canapé-lit, elle m'a vidé un pan de placard, pour mes disques et mes pulls, puis s'est mise à dicter des règles :
— Pas le droit d'entrer dans ma chambre quand j'y suis pas. Quand j'y suis, éviter de me déranger, surtout si je dors ou si je travaille. Toujours frapper avant d'entrer. Pour la cuisine, ne pas ranger les emballages vides. S'il n'y a plus de lait, descendre en acheter...

J'ai arrêté d'écouter assez vite. C'était assez désagréable, comme entrée en matière. L'impression d'être la sept cent cinquantième personne qu'elle hébergeait. Ça ôtait vachement de charme au truc.

Elle a disparu dans sa chambre, pour finir un papier sur le néo-métal. J'ai failli lui faire remarquer qu'elle y connaissait que dalle alors de quel droit elle faisait un dossier là-dessus et puis j'ai fermé ma grande gueule.

Parquet propret, quelques peluches prenaient la poussière en haut d'une étagère, livres de poche alignés côtoyant des éditions Taschen, quelques comix et des mangas, un choix qu'elle voulait éclectique, personnel, mais il y avait les mêmes chez des milliers de filles cette année-là. Coussins éparpillés par terre, plantes vertes maigrichonnes guettaient la lumière, petits relents d'ex baba-cool jamais tout à fait remise du patchouli. Cd empilés à même le sol, des colonnes qui m'arrivaient à la taille, elle les recevait par paquets de dix, chaque matin.

Un filet d'énervement m'a parcouru, de la gorge aux rouleaux des tripes. Ça commençait à s'engorger, donnait envie de s'allonger, tirer les rideaux, rester enfermé et caché, à lécher ses plaies en silence, comme un animal qui aurait perdu la partie. Je me suis représenté un petit filtre au cerveau, les reins de l'âme, chargés de filtrer et rejeter. Les miens avaient dû s'enrayer et ne drainaient plus rien comme il fallait. C'était pourquoi tout était si douloureux, petites choses dures et résistantes coincées au fur et à mesure, s'accumulaient, me gênaient pour respirer.

Je suis allé ouvrir mes sacs, j'ai gobé trois Urbanil, puis je me suis planté devant sa porte-fenêtre.

Pour la première fois depuis qu'elle me l'avait annoncé, j'ai réalisé que c'était bien fini avec Catherine. La féminité de l'appartement de Sandra accentuait en creux l'absence de l'autre. Je connaissais le processus, je savais que pendant quelques mois j'allais fixer sur tout ce qui était Catherine : l'odeur de son shampoing, de ses bougies anti-tabac qu'elle faisait cramer en rentrant, les pulls col en V qu'elle portait, ses pinces à cheveux qu'elle laissait traîner n'importe où, ses bâtons de rouge à lèvres achetés pas cher chez Monoprix, dont elle ne se servait pas... Pendant quelques mois, j'allais être obsédé à faire l'inventaire de tous les détails qui faisaient sa présence, et les confondre avec l'incarnation de la féminité idéale pour moi, celle qui pouvait me rendre heureux. Puis ça me passerait. Comme d'autres fois, avant, je fixerais sur d'autres choses.

J'ai tout de suite enfreint la première règle, pour tester comment ça se passait, et suis allé voir Sandra dans sa chambre, l'interrompant en plein boulot. J'ai passé la tête par la porte, j'ai remarqué que le lit était immense, qu'il avait l'air bien confortable. J'ai demandé :

— Tout se passe comme tu le souhaites dans le néo-métal ?

Sandra a gardé les yeux rivés sur l'écran de son ordinateur. Elle travaillait sur une toute petite table, entourée de piles de papiers à même le sol. Elle a fait la grimace, souhaitant signifier que ce n'était pas le moment :

— Si tu veux bien me foutre la paix, j'aurai fini d'ici une heure.

J'ai levé les mains en l'air, en signe de paix :
— OK. C'était juste pour te prévenir que j'allais regarder *Starship Trooper*...

Et j'ai refermé la porte derrière moi. Visiblement, ça ne rigolait pas tous les jours dans le métal.

*

J'ai même pas eu le temps de comprendre quelle télécommande correspondait au DVD, Sandra avait déjà laissé tomber son papier pour venir me rejoindre.

Elle avait étalé sur la table basse devant nous un tas de matos pour faire ses ongles. Comme je n'étais pas chez moi et que je venais d'arriver, je n'ai pas osé lui dire que je ne supportais ni l'odeur du dissolvant, ni celle du vernis. Je me suis préparé à avoir des nausées pendant le film.

On pestait comme des diables parce qu'on ne pouvait pas accélérer le début, quand il y a tous les panneaux d'interdiction de copier et de faire ceci et de faire cela et qu'il faut tous se les taper, suivis des panneaux Universal.

— C'est ça, ils ont raison, faut qu'ils viennent nous faire chier jusque dans nos salons.

Sandra hurlait « fascistes ! », en se déchaînant sur le canapé.

Le téléphone a sonné, c'était Alice, pour moi, je me suis isolé dans le couloir pour écouter ce qu'elle me voulait.

Elle m'a dit que la gosse était ravie, qu'elle ne parlait que de moi, me proposait de passer dîner, qu'on se voie tous les trois. Elle semblait ennuyée de ce qu'elle avait elle-même déclenché. Il a fallu qu'elle feuillette son agenda en hésitant pendant des plombes avant d'être foutue de me donner un rendez-vous. Je n'ai pu retenir quelques commentaires désobligeants. J'avais franchement l'impression qu'elle le faisait exprès, bien me faire sentir qu'elle avait un tas de choses à faire. J'aurais juré que c'était de la blague, je devais convenir par la suite qu'elle était effectivement un peu occupée.

Je suis revenu au salon, Sandra a désigné l'écran :
— On se dirige vers un grand chef-d'œuvre, là.

Catherine aimait surtout le cinéma de tarlouze, les films français chiants dont personne n'avait rien à foutre. Elle avait un petit côté *Télérama* pénible, socialiste à la con. Ça faisait bien longtemps que je ne m'étais assis à côté de quelqu'un pour profiter d'une bonne connerie américaine, pleine d'action. Sandra a demandé :

— Pas de scandale ?

— La gamine veut me revoir. Alors Alice m'invite à dîner.

— Tu flippes ?

— Un peu. Mais j'aurais été déçu de rester sans nouvelles. Alors je me plains pas.

— Tu veux que je te tire les tarots ?

Je l'ai regardée sans répondre. Mon intuition me disait qu'elle n'avait pas envie de savoir ce que j'en pensais. Elle a haussé les épaules :

— De toute façon, je l'ai déjà fait. Et je vais te dire : tout va bien se passer.

— Eh ben tant mieux.

— Mais bon, tu vas quand même chialer ta race un paquet de fois.

— C'est gentil de me dire ça.

— Je croyais que t'y croyais pas.

*

Le lendemain, j'ai décidé d'aller faire un tour. Le seul cap un peu difficile restait de se décider à sortir, surmonter cette appréhension. Une fois à l'air libre, le malaise se dissipait de lui-même. Deux ans auparavant, quand ça m'avait pris, c'était pas la même histoire. Dès que je m'éloignais de plus d'une rue de ma maison, la sensation d'un danger imminent, mêlée à la conscience de mon impuissance, se répandait en moi et rien ne pouvait me faire redescendre. C'était le cauchemar intégral. Ça avait passé, tout seul, je renouais avec le vieux plaisir de marcher à pied, traverser les quartiers, voir évoluer la ville, basculer d'une ambiance à l'autre.

J'ai marché pendant plus de deux heures, état second, de Clichy à Opéra, revenant par République. J'ai croisé une fille à jambes interminables, moulées dans un pantalon brillant, on aurait vraiment cru une sirène. J'ai croisé des gars qui se vautraient sur le trottoir, avec une petite pancarte pleine de fautes d'orthographe, comme quoi ils voudraient bien des sous. J'ai croisé des gamins, courant devant leurs parents, d'autres retenus par la main. Normal, depuis que j'en avais une, la ville s'était remplie d'enfants.

La tête me tournait par moments, incapable de mettre de l'ordre dans mes émotions. Je n'avais aucune idée de ce que je pensais de tout ça, j'avais tout perdu de mon proverbial flegme acerbe, sans même parler de mon cynisme. Les choses étaient aussi claires et en ordre qu'après avoir tiré sur un puissant pétard cosmique.

J'ai appelé Cathy, taraudé par l'envie de lui raconter, pour Nancy. Bien sûr, j'avais envie qu'elle soit émue et passionnée, suspendue à mes lèvres comme ça le faisait avec Sandra. Mais elle était à ce point distante, même pas de façon ostentatoire, que je n'ai pas pu lui en parler. J'étais surpris, encore plus que meurtri, qu'elle ne craque pas. Comment c'était possible qu'elle me manque à ce point-là, sans réciproque ? Puis est venue la fureur, indistincte. Contre ceux qui l'avaient influencée, sans rien savoir de notre histoire, contre elle, qui n'avait pas défendu la bulle, l'avait laissée éclater pour des conneries de convenance, ce que la psy en disait, ou sa meilleure copine. Mais avec qui sa putain de psy s'endormait-elle le soir, et ses putains de meilleures copines, qui leur caressait le dos des dimanches matin entiers, qui s'intéressait suffisamment à elles pour leur préparer des petits plats ? Elle pouvait me reprocher un tas de choses, mais je faisais bien la cuisine. À la fin, je la saoulais tellement, elle ne supportait rien de moi. Tout devenait délicat. Elle disait que je lui faisais à manger des choses lourdes pour qu'elle grossisse et ne plaise à personne. Si j'y réfléchissais, ça faisait un moment que tout se retournait contre moi, qu'elle voulait me voir partir. J'avais cru que ça passerait. J'avais imaginé, honnêtement, qu'un matin, je me lèverais et me mettrais au boulot, que ça viendrait tout naturellement, que j'écrirais un roman d'une traite et qu'elle serait heureuse et fière d'avoir cru en moi. Évidemment, je l'aurais trompée, je ne pensais qu'à ça, toute la journée devant ma télé, je faisais des listes, l'ordre dans lequel je me les taperais, et ce que je leur ferais exactement, quand je serais connu comme Houellebecq. Mais je l'aurais trompée discrètement, gentiment, sans jamais lui faire de la peine.

Je l'ai rappelée, j'ai déclaré tout de go :

— Si t'as envie de gamin, tu sais, je peux te faire un gamin. C'est fini, ça me fait plus peur.

— Putain mais tu m'as pas assez pourri la vie comme ça ?

Et elle a raccroché. Ça m'a vraiment énervé, j'ai pris la décision de la surpourrir dans mon bouquin, de bien raconter comment c'était pas une affaire au pieu et de cartonner sa pauvre façon d'avoir un avis péremptoire sur tout, un avis de caissière qui se la pète.

La douleur des séparations amoureuses m'a toujours intrigué, dans sa spécificité. C'est une sensation précise, inimitable, déclenchée par rien d'autre. Un tourment caractéristique, plein de fiel et de peurs, qui réveille certaines zones dont on est inconscient la plupart du temps. Pareil que quand on se coince un nerf dans le dos et qu'on réalise le nombre improbable de mouvements qui sollicitent cet endroit d'habitude inexistant.

Mes jambes se crispaient de fatigue. D'abord, ça avait été agréable, comme me sentir vivant. Mais c'était vite devenu pénible.

J'ai fini par descendre dans le métro. Comme je l'avais déjà pris la veille, je pensais être guéri de cette phobie-là aussi. Mais j'avais oublié la surpuissance de l'heure de pointe.

Flot de gens se fonçant dessus, le long des couloirs, s'évitant de justesse, quasi instinctivement. Beaucoup de vestes bleu marine, marron, grises ou noires, et beaucoup de crânes spontanément rasés.

Ça m'a semblé bizarre, la boule à zéro sans qu'on y soit obligé. Hostilité sourde, retenue. Affiches jalonnant le parcours, des ciels bleus sur des plages, des meubles, des films, des unes de journaux, agressives.

Je suis allé attendre au bout du quai. Une femme avec des grosses valises, des japonaises en groupe, un clochard écoutait de la musique au walkman, ses mains abîmées jointes entre ses genoux. Monde massé le long des rails.

Une souris bien gaillarde a cavalé entre nos pieds. Deux gamins ont essayé de l'écraser, raté, l'ont coursée un moment.

J'ai laissé passer la première rame, trop de monde. Les gens, eux, se sont entassés, coûte que coûte. Je les ai regardés faire, il n'y avait que moi et le clochard qui ne tentions pas de nous incruster dans cette rame surbondée. Je les dévisageais, debout les uns contre les autres, visages fermés, résignés, dormant debout, prêts à tout encaisser. Résolument étrangers et indifférents les uns aux autres, ils cherchaient tous l'espace vacant où attraper la barre commune. Je n'étais pas convaincu que ça soit moi le plus bargeot des deux, de ne pas vouloir m'imposer ça.

J'ai laissé passer la deuxième rame, moins bondée, mais quand même. Je me reposais sur mon siège rouge. M'est revenu le souvenir, intact, quand je m'étais retrouvé coincé sous un tunnel, panne d'électricité, la première panique que j'ai eue. Immobilisé sous la terre, ne plus pouvoir s'échapper, coincé par le métal et les regards, devoir tenir le temps que ça prend. Asphyxie proche et images terribles se télescopant. Et l'impuissance, atroce, trop tard pour s'enfuir. C'était comme ça que tout avait commencé, par une crise de panique dans le métro. J'étais ressorti en cavalant, comme un dingue, jusqu'à l'air libre. Je ne savais pas ce que j'avais eu. Et, petit à petit, tout s'était enclenché, je m'étais prostré, j'avais renoncé. J'avais perdu deux ans de ma vie.

Je suis resté là un moment. Le clochard s'était assoupi, casque grésillant sur les oreilles. Je regardais les gens attendre monter descendre sortir. Je ne faisais pas partie de tout ça.

*

Toute la journée d'avant ce dîner, je l'ai passée à faire super chier. Ma seule paire de baskets couinait lamentablement, mes chemises et mes pulls étaient tous soit tachés soit troués par des petits bouts rouges de pétard, soit trop moches. Je m'enfonçais tout seul, exagérant à souhait la gravité de la chose. Sandra faisait exactement comme si elle ne m'entendait pas maugréer, lancer mes shoes à travers l'entrée, claquer les portes du placard et m'insulter devant le miroir « putain de ta race de pauvre pouilleux t'as vraiment une sale gueule de merde ». Elle restait imperturbable, enfoncée dans le canapé, télécommandes à la main. Elle préparait un papier sur le cinéma de Russ Meyer. J'aurais pu en profiter, m'asseoir à ses côtés et revoir ces bons vieux films. J'aurais pu passer une bonne journée, peinard. Mais j'avais décidé de la foirer. Ça m'énervait qu'elle ne participe pas, qu'elle ne cherche pas à me calmer, me rassurer, m'engueuler, faire quelque chose. J'ai fini par me planter devant elle, le nez écrasé contre la vitre, les mains croisées dans mon dos, j'ai déclaré :

— Je m'en fous, j'irai pas.

— Arrête de flipper : c'est pas une audition. Le job, ça fait longtemps que tu l'as, je te rappelle.

— C'est pas une raison… J'ai mon amour-propre. J'ai l'air d'un sale vieux dégueulasse.

— Tu crois quand même pas que je vais te prêter des thunes pour aller te payer des habits ?

Au fond, c'était exactement ce que je voulais. Mais elle s'est énervée toute seule :

— Je suis pas ta foutue mère, oublie ça. C'est elle qui a treize ans, et qu'on doit protéger, toi, t'en as trente et tu fais chier. Qu'est-ce que t'as exactement dans le crâne, tu veux baiser la mère, c'est ça ? Tu te dis que cette môme a pas eu son quota d'emmerdes, maintenant faut que t'en mettes un coup à sa mère ? Tu vois pas que j'essaie de travailler ? Ça t'énerve, ou quoi ? Quand il s'agit de squatter chez moi, t'es content que je paye le loyer, mais c'est pas une raison pour me laisser bosser. Mais qu'est-ce que t'as dans le crâne, imbécile ?

Qu'elle hausse le ton et le prenne si mal m'a complètement rasséréné. Je suis allé m'habiller en noir, j'ai recollé la semelle des baskets et me suis trouvé pas si mal, en fait.

*

Je suis allé au dîner à pied, j'ai croisé un gosse en rollers, avec des roues roses clignotantes. Ça faisait disco. Et un black en vélo avec un grand chapeau et un instrument de musique tout bizarre sur le dos a ralenti à ma hauteur pour me demander la direction de la gare de l'Est, je lui ai montré. Ses chaussures étaient soigneusement ressemelées de carton, attachées avec de la ficelle, il avait une voix mélodieuse, posée. Il m'a écouté calmement, puis m'a remercié et est parti dans la direction opposée, debout sur ses pédales.

Il faisait froid juste comme il fallait pour que ça soit vivifiant.

J'ai serré les dents rien qu'en arrivant dans l'arrondissement. J'aimais vraiment pas le dix-septième.

En approchant de chez elle, j'ai commencé de croiser des putes. Il y en avait tout le long des trottoirs. Jeunes, belles, bien habillées. Elles se tenaient à quelques mètres les unes des autres, sans se parler. C'était assez surréaliste. D'habitude, quand je voyais des putes, ça m'énervait d'être trop timide et fauché pour oser aller leur demander d'aller faire un tour. Mais cette fois-ci, ça ne m'a pas énervé. Elles étaient vraiment belles, attirantes et tout ça, mais c'était des putes mutantes, elles glaçaient le sang pire qu'elles faisaient bander. J'ai compris ce que j'avais au bout de quelques mètres : maquillées ou pas, elles avaient le même âge que Nancy, à peu de chose près.

Ça m'a atterré, cette effraction de la morale en plein dans ma vie sexuelle. Est-ce que j'allais me transformer en vieux rabatteur de joie réactionnaire et tout coincé, tout ça parce que j'avais une môme ?

J'ai fait un effort, je me suis concentré sur leurs jambes, leurs sourires, leur façon d'être exhibées, vulnérables et là « pour ça ». Mais que dalle, ça m'énervait qu'elles aient l'air si jeunes et c'était à peu près tout.

Enfin, y en avait quand même deux ou trois, si vraiment il avait fallu faire l'effort, j'aurais pu le faire.

Entrée vaste et pleine de miroirs, pour que ces braves gens puissent s'inspecter de pied en cap avant d'aller affronter le monde, ça ne m'a pas plu du tout. « Mais qui elle s'imagine être, au juste, pour habiter un truc pareil ? » Loge de concierge, pas de boîtes aux lettres, ascenseur dernier cri. À mes yeux, le moindre carrelage pavant le sol me renvoyait à ma nullité sociale.

Les choses sont allées empirant, une fois que je suis entré chez elle. Tout me mettait hors de moi. De l'entrée au salon, de la table basse au moindre bibelot, de l'odeur régnant dans la baraque aux petits gâteaux apéritifs. Tout avait un prix. Choquant, flagrant, écrabouillant. Alice faisait comme font les salopes de bourges : semblant de rien, comme s'il tombait sous le sens que les gars comme moi côtoient l'opulence avec aisance et naturel. J'aurais voulu la voir, chouquette, à minuit rue Myrha aller s'acheter des clopes, j'aurais voulu être avec elle et la regarder comme elle le faisait « comment, quelque chose te déstabilise ? Je ne comprends pas, tout cela est tellement... normal ».

Nancy est sortie de sa chambre, déjà en pyjama, un truc bleu en espèce de fourrure chimique, qui la faisait ressembler à un nounours dingue. Elle m'a montré ses dessins de chat qu'elle venait de faire. Je n'avais pas à fond l'habitude de ce genre de situation, j'ai fait de mon mieux. Puis elle est allée s'asseoir devant la télé. J'avais peur de l'avoir déçue, qu'elle me trouve chiant comme vieux croûton. Mais j'ai compris plus tard que tout ce qui comptait pour elle, c'était que je vienne. Elle était ravie que j'aie rappliqué dans les dix jours après avoir appris son existence. Elle m'en était infiniment reconnaissante et ne m'en demandait pas davantage. Que je trouve quelque chose à dire ou rien, elle s'en tapait complètement.

Je me suis assis au bord d'un canapé que ça serait un drame d'y faire tomber une clope ou d'y renverser la moindre goutte de quoi que ce soit, j'étais conscient chaque fois qu'il fallait que j'avale ma salive, tellement ma gorge s'était rétrécie. De hargne, de mépris et de désolation.

J'ai visité la chambre de la petite, toute féerique. La seule pièce valable de l'appartement, bien que blindée de trucs Disney. Tout le reste n'était que foutaise, un déluge mégalo voulant tellement se poser là que ça faisait façade masquant du vide et de la médiocrité. Fallait vraiment se prendre pour une reine pour habiter un truc pareil.

Nancy a insisté pour nous faire une chorégraphie, sur un morceau de Britney Spears. J'ai gardé ma grande gueule fermée en la voyant sortir son disque. J'avais envie de lui foutre la paix. C'était bien la première personne avec qui ça m'arrivait depuis des années, depuis que j'avais son âge, environ. À part elle, tous les gens que je croisais, j'avais envie de les prendre à part et leur expliquer les yeux dans les yeux pourquoi ils déconnaient et à quel point ils essayaient de ne pas s'en rendre compte et qu'ils feraient mieux d'arrêter de se baratiner.

J'ai failli m'étrangler quand elle a commencé de danser. Je m'attendais à un truc comme on en faisait au centre aéré, déguisés en marguerite, en robin des bois ou en diablotin. Pas que j'avais un souvenir exact du genre de pas exécutés, mais il me restait une sorte de goût d'ambiance. Je m'attendais à ce qu'elle tourne sur elle-même sur la pointe des pieds, ou qu'elle sautille en levant les bras. Mais elle s'est transformée en parfaite petite salope, sous l'œil indifférent d'Alice. Elle tortillait ses fesses, faisait des bisous dans l'air, descendait en jouant du bassin puis se redressait, toute lascive. J'étais pétrifié. Quand elle a terminé, sa mère a applaudi, mollement. De toute évidence, l'aspect démoniaque de la scène la laissait insensible. Ça devait se voir que j'étais choqué, car Nancy a éclaté d'un grand rire, ravie :

— On dirait que papa aime pas trop mes chorégraphies !

Elle a attendu de pouvoir observer l'impact du mot « papa », s'est félicitée d'y avoir pensé et elle est retournée dans sa chambre écouter Britney Spears en faisant un boucan infernal. Visiblement, elle peaufinait de nouveaux pas. Alice a commenté avec flegme :

— Elle danse bien, hein ?

J'ai modulé :

— Elle est pas un peu petite pour danser comme ça ?

Alice s'est foutue de moi :

— Dis donc, t'as changé, toi. Je te savais pas père-la-pudeur. Si t'as envie de la revoir, papa, va falloir descendre de ton nuage, parce qu'elle est salement dégourdie...

J'ai pris une inspiration, décidé de m'ouvrir au monde des jeunes, à leurs nouvelles mœurs, d'être moderne :

— Tu veux dire qu'elle a déjà...

— Non, quand même pas.

— Ah bon. Bon, ben alors, c'est bien ce que je disais : elle est trop jeune pour danser comme ça.

— Elle imite ce qu'elle voit à la télé.

— J'espère que vous avez pas Canal.

— J'avais oublié que t'étais drôle.

Alice a relevé ses cheveux en chignon, les a fait tenir avec un stylo. Elle m'énervait, j'avais l'impression qu'elle ne s'adressait à moi qu'avec une condescendance apitoyée, un peu comme si j'étais un jardinier débile qu'elle consentait à employer. J'ai demandé :

— Je t'ai enculée, toi, à l'époque ? Je ne me souviens plus.

Au lieu de me répondre « moi non plus » et qu'on n'en parle plus, Alice a commencé de faire super la gueule. Je trouvais ça formidable, qu'elle m'ait caché la gosse pendant treize ans et que j'aie même pas le droit de faire de l'humour.

On a mangé des conneries de plats de chez le traiteur, j'avais rarement rencontré quelqu'un d'aussi chiant qu'Alice. D'aussi imbue d'elle-même, étalée dans son sale confort qui n'était pas que matériel, bardée de certitudes idiotes et partiales. Elle était obsédée par des purs trucs de psychopathe : la bourse, l'immobilier, les plantes vertes, les magasins de meubles, les grandes marques de fringues, les hôtels de luxe et les grands restaurants... Luttant pour ne pas dormir, j'ai demandé à voir des photos de Nancy, elle a fait le tour de son appartement en continuant de me parler de trucs pénibles, puis est revenue s'asseoir en disant qu'elle ne les trouvait pas.

Nancy a mangé devant la télé, elle regardait une cassette vidéo de Madonna, remettait chaque morceau quinze fois. Régulièrement, elle se levait pour danser face à la télé, en adaptant le truc à sa sauce. J'étais super inquiet chaque fois que je la voyais bouger. À la fois soulagé qu'elle danse bien et ne se ridiculise pas, et à la fois de plus en plus abattu de devoir constater qu'elle dansait bien et ne se ridiculisait pas. Je priais pour que ça lui passe vite, avant qu'elle ne fasse vraiment jeune fille. L'image des gamines en bas me hantait avec insistance.

Sa mère le lui a demandé environ sept cent cinquante fois, sur environ sept cent cinquante tons, puis Nancy s'est levée et est allée se coucher, elle s'est vautrée sur moi en m'embrassant. Je ne savais pas encore très bien comment la prendre dans mes bras, elle avait des dimensions de femme, et des endroits à ne pas toucher, de partout. J'ai eu l'impression qu'elle faisait moitié exprès de me coller son grand corps aux mains de façon embarrassante. J'ai envisagé être le père d'une perverse absolue. Je me suis dit que peut-être un jour elle déclarerait en rentrant de l'école que j'avais abusé d'elle alors que je n'aurais absolument rien fait, je me suis imaginé en prison, détesté de tous les codétenus, innocent et ma vie brisée. Je me suis dit que j'écrirais, au moins, en prison.

On s'est retrouvés entre grands. Je m'attendais à ce qu'on discute de choses sérieuses, qu'Alice me raconte l'histoire de la gosse, ou m'expose ce qu'elle attendait de moi. À moins qu'elle veuille me sauter dessus, taraudée par treize ans de désir. Mais j'avais tort d'espérer quelque chose de précis : elle m'avait dit de passer parce que c'était l'idée qu'elle se faisait du protocole en ce troisième millénaire : je retrouve le père de ma fille, je l'invite à manger un petit quelque chose. Tout au plus tenait-elle à me signaler qu'elle ne voyait aucun inconvénient à ce que je remplace la baby-sitteuse les mercredi après-midi.

Alice a gardé son portable à l'œil, toute la soirée, d'une façon presque névrotique, en triturant sa cigarette, la faisant tourner dans le cendrier.

— Elle travaille bien, à l'école ? Elle a beaucoup de copines ? Elle fait du sport ?

Visiblement consternée, mais pas décontenancée, Alice m'écoutait divaguer, le menton posé sur la main, haussait un sourcil épilé en espérant que je me rendrais compte, moi-même, de l'incongruité de mes questions.

Comme si ça allait me passer, cet engouement pour la gamine. Comme s'il était notoire qu'on ne s'intéressait pas longtemps à elle.

— Elle demandait jamais comment j'étais ? Qu'est-ce que tu répondais ?

L'émotion devait se lire sur mon visage, j'ai vu ça à l'expression ouvertement moqueuse d'Alice. La peau dure, c'est comme ça qu'elle était construite, tout ce qui dépasse, échappe, éclate, ne peut être que l'objet de risée. Éduquée à confondre sa misérable carapace avec une élégance de classe. Elle venait d'une famille où on avait pensé, il n'y a pas si longtemps, à faire de bons mots le jour de monter sur l'échafaud.

— Elle a parlé à quel âge ? Elle lit des journaux ?

Quelle que soit la question, Alice se contredisait, s'embrouillait, esquivait maladroitement. Réponses brèves, évasives, puis Alice reparlait d'elle. J'obtenais trois mots sur Nancy pour tout un chapitre sur la mère.

— Et qu'est-ce qui l'intéresse ?

— Depuis cette année, les garçons. Il faut qu'elle atterrisse, qu'elle arrête de se mentir et de se raconter des histoires.

— Moi, je vois ça d'un point de vue de bonhomme, donc tu t'imagines bien que ça ne me plaît pas à fond, l'imaginer avec des garçons de son âge. Mais bon, elle a le droit de s'y intéresser...

— Mais eux ne s'intéressent pas à elle, c'est tout le drame !

— Qu'est-ce que t'en sais ?

— Tu l'as regardée ?

Ça lui est venu spontanément, sans même qu'elle pense à être gênée, après coup. Elle s'est levée pour aller refaire une tisane au thym dans sa théière japonaise qui devait coûter un RMI.

Quand le portable d'Alice a sonné, elle est revenue de la cuisine à toutes jambes, s'est jetée dessus, a changé de voix et même de silhouette : elle est redevenue la très jeune fille que j'avais connue. Je nageais en pleine science-fiction, témoin d'une faille temporelle. L'Alice câline coquine un peu débile et très perverse reprenait corps devant mes yeux, et même après avoir raccroché, elle est restée adolescente :

— C'était mon chéri. Il arrive. Il avait un dîner, ça s'est un peu éternisé.

Et, comme le font souvent les filles, elle s'est mise à se justifier, sans que je lui aie rien demandé :

— Il a beaucoup de travail, il ne peut pas me voir tout le temps. Tu comprends, c'est un type très indépendant.

J'ai rassemblé mes clopes, mon briquet, prêt à partir. Elle m'a retenu :

— Non, non, il tient à te rencontrer, attends-le.

On a regardé la télé un moment, Alice vérifiait son portable toutes les cinq minutes, des fois qu'il ait sonné sans qu'on s'en rende compte...

Je suis parti avant que son bonhomme arrive, environ une heure après son coup de fil. Alice me disait sur le pas de la porte :

— Je ne sais pas ce qu'il fabrique...

J'ai retenu le commentaire qui me venait spontanément, « la partouze a dû se prolonger », ça risquait trop d'être vrai pour que ça la fasse rire. De toute façon, dans l'ensemble, je la faisais pas trop rigoler.

Les portes de l'ascenseur se sont refermées. J'étais revenu sur ma première impression : elle avait plutôt bien vieilli. Pour ce qui est de donner envie aux garçons de s'égarer entre ses cuisses, elle avait plutôt pris du grade. Quelque chose de tragique en plus, de cassé, la rendait vulnérable, désirable. En bas, j'ai croisé un petit bonhomme descendant de son quatre-quatre. J'ai deviné que c'était lui. Costard impeccable, assez beau gosse, si on les aime trouducuteux. Il a compris qui j'étais aussi, on a échangé un petit sourire. Je lui ai trouvé plutôt une bonne tête, assez avenant. Mais une trop grosse caisse et des pompes de prix, ça m'a encore énervé.

*

Je suis revenu à pied aux Abbesses, j'avais envie de rentrer chez moi, chez Catherine, j'étais suffoqué qu'elle ne me rappelle plus. Je regrettais d'être parti, j'aurais mieux fait de m'enchaîner aux barreaux d'une des fenêtres. L'obliger à appeler les pompiers pour qu'ils me libèrent et m'emmènent, et je me serais débattu, j'aurais hurlé. Qu'il lui reste ce souvenir de moi, de sa façon de m'expulser. Là, c'était trop facile pour elle, et trop injuste pour moi.

J'ai prié en glissant la clef dans la serrure pour que Sandra soit déjà couchée, j'avais tellement envie d'être seul. Mais elle était sur son portable, elle s'est cassée dans sa chambre en m'entendant arriver. J'ai eu le temps de voir qu'elle faisait la gueule, et d'entendre qu'elle essayait d'écourter, se forçant à parler du nez : « J'ai vraiment une sale crève, on peut se rappeler ? » mais l'autre devait insister, elle est restée un bon quart d'heure à côté.

J'avais roulé un gros pétard, sans être très sûr que ça me réussisse.

Sandra est revenue, visage fermé, une veine sur sa tempe palpitait. Je ne l'avais jamais vue comme ça. Elle m'a fait un sourire coincé, s'est assise à côté de moi et a commencé de zapper comme une furieuse. J'avais envie de lui gueuler dessus, de lui faire remarquer que je venais de me faire plaquer et que je rentrais d'un rencard tout chelou alors elle aurait pu m'épargner cet étalage de sale humeur. Elle avalait sa salive comme s'il lui en coûtait, je lui ai tendu le spliff et j'ai fait un effort de jovialité :

— Y a quelqu'un qui t'a énervée ?

Elle s'est mise à pleurer, en faisant comme si de rien n'était, des larmes de rage froide :

— C'était un type de la télé. Je travaille sur une série, un truc que j'ai vraiment très envie de faire, et bien payé... un rêve, quoi. C'était le type qui s'occupe de ça.
— Et ?
— Et il me parle comme à une pute. Je sais même pas quoi lui répondre, je me sens comme une petite fille infoutue de se dépêtrer. Je m'en veux de vouloir faire ce job, je m'en veux de pas l'insulter, je m'en veux qu'il veuille me tirer, je m'en veux qu'il ose m'appeler à cette heure-là pour me parler que j'ai de beaux yeux et qu'il faut pas que j'attrape froid avec ma petite nuisette, je m'en veux, putain, je m'en veux d'être qu'une merde...
— C'est pas grave, Sandra, t'as pas su quoi lui répondre, c'est pas grave...

Mais elle se mettait dans un très sale état. Je ne la connaissais pas, sous ce jour. J'ai compris, pour la première fois de ma vie, les filles qui se plaignaient d'être trop bonnes. Ça m'avait toujours bien fait rigoler mais en la voyant ce soir-là j'ai trouvé ça top glauque. Impossible de la consoler, de la distraire ou de lui expliquer que ça n'avait rien de grave. Elle pleurait sans discontinuer, mais sans vraiment craquer. Elle se creusait la plaie, cherchait l'os avec acharnement :

— De toute manière, si je lui réponds quelque chose, il va me traiter de meuf mal baisée, soi-disant c'est manquer d'humour... comme s'il fallait forcément apprécier de se faire appeler « ma chérie » par un type de trois cents kilos avec sa putain de gueule de porc. Est-ce que qui que ce soit avec qui il bosse sous-entend qu'il s'occuperait bien de son petit trou du cul, lui ? Est-ce qu'il ne manquerait pas d'humour si son patron lui faisait le coup, « et tes petites fesses ceci et tes petites fesses cela » ? Et je fais comment, moi, quand il commencera de comprendre que je le laisserai pas me grimper dessus ? Je le connais, le plan, il va commencer de raconter de partout que je suis pas très professionnelle, et que je manque de cela, et qu'en fait je comprends pas ceci, et je me ferai dégager et faudra que je ferme ma gueule parce que ça fait partie du job, que j'ai des nichons et faut que j'assume... Mais j'ai envie de ce foutu job, parce que j'ai tout ça à payer et ça me fait chier...

Elle s'est levée brusquement, je n'ai pas su pour quoi faire, elle s'est cogné le tibia dans la table basse, super fort, a hurlé, s'est rassise et prostrée de rage :

— Je me sens cradingue, putain, je me sens cradingue et acculée... je vis dans le dégoût, tout le temps, je me dégoûte.

De la voir si mal me la rendait sympathique, plus humaine, proche de moi. Que les choses lui coûtent, à elle aussi, l'égarent, lui défoncent l'âme et qu'elle ne sache plus comment s'y prendre. J'ai commencé de capter que Sandra faisait sa grande dame, mais n'en menait pas bien large non plus, au fond. Alors, c'était comme si on pouvait vraiment devenir des amis, sans que je cherche toujours à la rabaisser à mon niveau, la démasquer, sans que je traque incessamment la faille où planter mon couteau. J'ai frotté son dos, comme je l'aurais fait à une petite fille qui s'est fait un gros bobo :

— Pourquoi tu lui dis pas que t'as un petit ami qui est boxeur et jaloux ?

— Pourquoi faudrait que je mente ?

— Parce que tu bosses dans le fumier, Sandra. Ça, ça n'a rien à voir avec t'es baisable ou pas baisable. Ça serait pas ça, l'humiliation, ça serait autre chose, bloque pas. Tu bosses dans les égouts, c'est normal que tu charries de la merde. Ça fait partie du job, je crois bien. Ça fait partie de là où on vit, faut se la charrier, la merde des autres. Pourquoi toi tu rallonges la note, pourquoi tu repayes une deuxième fois ? Oublie, dès que t'as raccroché, oublie...

— Excuse-moi mais... ça te va bien de me dire ça.

Elle se pinçait l'oreille en souriant à moitié, elle faisait comme si elle continuait d'aller mal, mais je voyais bien que l'humeur avait tourné.

— Et c'était comment, toi, alors ?

— Alice est un peu conne. Enculable, mais un peu conne.

— L'un n'empêche pas l'autre.

— Au contraire. Je vais garder la gamine mercredi.

— Elle est gentille, la mère, avec la petite ?

— Bof. Elle est genre « être une mère ne m'empêchera pas d'être une femme ». Ça la fait chier d'avoir une gosse, c'est manifeste. À sa décharge, c'est vrai qu'elle est jeune.

— C'est des salopes, les mères, avec leurs filles. Ça rate rarement.

— T'as lu ça dans tes magazines ?
— Elles veulent des garçons. Les filles, ça les intéresse beaucoup moins. T'as jamais remarqué ? Les mères, avec leurs fils, elles sont toutes fières d'avoir fait ça, c'est comme si ça leur procurait une petite bite, miraculeuse procuration. C'est leur seul ticket d'accès au monde de l'action, à tout ce qui leur est défendu... Alors qu'une fille, ça t'apporte rien de spécial, à part te sentir bien vieille quand c'est elle qui affole et plus toi.
— Je me méfie des généralités.

Mais je savais bien de quoi elle parlait. Comment les mères regardent leurs fils se massacrer les uns les autres et s'enorgueillissent du spectacle « c'est pas un petit garçon pour rien, hein ! », les encourageant à être brutes, fières d'avoir pondu ça au monde, redressent le dos en parlant de leur testostérone, heureuses qu'ils leur obéissent mal, encore une preuve qu'elles les ont chiés bien virils. Comment les mères prononcent « mon fils », tant elles sont fières d'en avoir un. « Moi et mon fils », elles ont connu le couple ultime. Les fils ne se retournent jamais contre elles, ne les abandonnent pas, ne leur en veulent pas de vieillir. Cet amour dingue de mère à fils, je l'avais repéré dans plein de familles. Je l'avais d'autant mieux observé que ma mère s'en foutait, que je sois une petite fille, un gaillard ou un clebs, ça lui faisait du pareil au même : je l'empêchais de vivre et puis basta. Gamin, j'aimais taper sur les autres gosses, mais personne n'avait jamais remarqué que je mandalais spécifiquement ceux que leurs mamans venaient chercher, ceux chez qui on allait goûter et on aurait dit qu'elles les attendaient, n'ayant rien d'autre à foutre que de préparer des gros gâteaux et s'occuper de recoudre leurs vestes. Les fils à maman, je savais les repérer, même adultes, je savais les repérer et attendre patiemment mon heure pour leur foncer dedans et les mettre tout à sac. Qu'ils aient quelque chose que j'avais pas me rendait coupable de ne pas l'avoir. Alors je voulais qu'ils disparaissent. Mais, à la longue, la liste des gens devant disparaître pour ne pas que je me sente mal s'était tellement allongée que je me fatiguais tout seul.

*

J'étais méfiant, le mercredi, en arrivant. Conscient de devoir rester distant, que ça pouvait s'arrêter du jour au lendemain, le rôle de papa sorti d'un chapeau.

Je m'étais pointé à neuf heures pile, pour prendre Nancy toute la journée. Alice était déçue que j'arrive à l'heure, en pleine forme et de bonne humeur. Elle s'était fait une idée de moi : zonard, incapable, pas fiable et caractériel. Reposant sur de vieilles images, et sur un fantasme de bad boy. C'était ce genre de bourge, déçue que je ne sois pas plus destroy. Elle avait toutes ses dents, ses cheveux bien brillants et sa peau bien soignée, mais, pour le folklore, elle aurait bien voulu d'un punk traînant dans ses parages. Probable qu'elle avait ressassé, avant qu'on se retrouve, de vieux souvenirs de moi, d'époque. Concerné que par la bière, la baston et les quarante-cinq tours de L'Infanterie Sauvage, toujours prêt à se foutre dans la merde. À présent, je la décevais. Elle voulait son Abel Ferrara du dimanche, un grand fauve de la rue, pour frimer devant ses copines.

Je m'excluais de tous ses fantasmes en passant juste pour un bon gars. Par ailleurs, je lui donnais définitivement tort de ne pas m'avoir prévenu plus tôt. C'est d'ailleurs bien pourquoi j'étais à l'heure.

Avant de partir, elle m'a foudroyé, sur le pas de la porte, de conseils, interdictions, recommandations, obligations… qui étaient moins des signes d'inquiétude qu'une manière de m'infantiliser, me rappeler que je n'étais responsable de rien et ferais mieux de me tenir à carreau.

Je me suis retrouvé seul avec Nancy. J'ai bien respiré. J'avais peur de ne pas savoir quoi faire mais c'est venu tout naturellement : il fallait lui dire non, tout le temps. « Je peux me couper les cheveux toute seule ? », « Je peux te faire une coiffure ? », « J'ai pas envie de sortir, on regarde les clips à la télé ? », « On le dit pas à maman, tu m'achètes le disque d'Eminem ? », « Je peux aller sur Internet ? », « Je peux m'habiller sans me laver ? », « Je peux mettre un tee-shirt, pour sortir ? », « J'ai entendu dire que Joey Starr habitait Porte Clignancourt, tu veux pas qu'on aille chercher sa maison ? »

*

Sandra a bassement profité que je compatissais à ses brusques accès de déprime pour exiger que je l'accompagne à une soirée. Elle m'a mis la pression maximale. J'avais pas foutu les pieds dans une fête depuis vraiment longtemps, j'avais arrêté ce genre de connerie bien avant de devenir claustrophobe, il a vraiment fallu qu'elle soit lourde pour que j'y aille avec elle.

— Tu verras, tu connais plein de monde.

C'était exactement ce qui m'inquiétait. Et, pour cette fois, l'appréhension que j'avais du truc était en dessous de la réalité.

Boucan depuis la cour, puis appartement parisien, trop petit, blindé de gens. Tous en commun d'avoir l'air con. Mais, surtout, tous de mon âge.

Ça me faisait mal au ventre, visages fatigués, traits bouffis. Comportements altérés, trop d'années de défonce, gens ne se rendant pas compte qu'ils avaient passé l'âge de grâce, où se mettre raide rend tout brillant. Ils étaient exténués, pathétiques. Pas drôles, mais tous trop raides pour s'en rendre compte. Vieilles vannes, aussi crevées qu'eux. Sonnant faux, vieux gestes, auxquels ils s'accrochaient. Des gestes de tribu, de jeunesse, de ferveur. Mais tout ça avait dégagé et ils me donnaient la nausée.

Filles à nichons refaits, soulignant encore pire leur âge. J'étais super contre, en général, cette démocratisation des grosses poitrines. Ça enlevait tout le miracle du truc.

Conversations en mosaïque, groupes éparpillés à droite et à gauche. Des crétins postillonnaient, verre en main, confondant leur avachissement mental avec une lucidité de dandy.

Je ne les aimais pas. Je suis passé d'une pièce à l'autre, j'écoutais les gens, je les regardais. Je ne les aimais pas. Ils me foutaient la trouille.

Agglutinés vers les platines, il y avait quelques jeunes branchés, habillés comme sous Pompidou, en pull moulant et fute qui gratte.

Je n'ai rien bu, je n'avais pas envie que l'alcool me ramollisse l'humeur, je ne voulais pas frayer avec eux, pas finir ivre mort à discuter avec ces gens en oubliant ce que je pensais d'eux.

Il y avait la queue devant les chiottes, ça m'a contrarié parce que je comptais m'y isoler cinq minutes, reprendre un petit peu mes esprits.

Puis Sandra est venue me chercher :

— Un petit remontant ?

Je l'ai suivie dans une des chambres. Elle a sorti de la poche arrière de son treillis une carte orange, avec tout dedans. Petit paquet plié sous le ticket, carte magnétique glissée derrière le plan de Paris, paille Mac Do découpée qu'elle faisait rouler entre le pouce et l'index, pour lui redonner une forme conique.

Elle faisait tous les gestes doucement, cérémonial aussi important que le reste.

Ça m'a ramené des années en arrière, on avait souvent tapé tous les deux. À l'époque, ça me rendait heureux, comme d'être rentré dans un film. Et j'étais impatient de voir la fin de la nuit, et j'étais gourmand d'âmes et de conversations. Un autre moi, qui était bien parti.

Sandra a tracé les deux traits, accroupie à côté de la table de nuit, puis s'est relevée pour me laisser passer le premier, galamment.

Je me suis agenouillé, courbé, j'ai introduit la paille dans ma narine et inspiré le truc.

Sensation familière, âcre et agréable, à l'arrière du palais. Je me suis relevé en rigolant :

— Comment ça rappelle des souvenirs !

Sandra a fait signe qu'elle me comprenait, a pris sa ligne, s'est redressée :

— On a eu de belles jeunesses. Ça, on pourra plus nous le reprendre.

— À quel moment ça a merdé ? Je me demande ce qu'on a fait de travers.

— C'est pas nous, Bruno, c'est pas nous... Ça fait longtemps que je voulais te le dire : faut pas t'en faire comme ça sur toi, comme si t'avais merdé quelque chose. C'est pas nous, Bruno, personne est heureux dans ce monde-là. Personne. Réfléchis-y. Y a vraiment que les tout petits enfants.

— Ça a toujours été comme ça.

Elle s'est essuyé le nez devant le miroir, reniflé avec chic, pour bien faire tout rentrer là où ça doit aller. Puis elle a hésité, redéplié son petit carré de papier, refait glisser un peu de poudre sur la table de nuit.

— C'est toujours la deuxième la mieux.

Je me suis senti brusquement très amoureux d'elle. Mentalement, j'avais très envie de la prendre dans mes bras, la caresser, la sexer. Mais, physiquement, je n'aurais pas supporté le moindre contact.

Je suis donc resté sur place.

Quand on est ressortis de la chambre, je me sentais oppressé, pas très bien, en fait. Il me manquait quelque chose que j'attendais, sans que je sache définir quoi. Frustration familière. Mais je ne m'ennuyais plus du tout et le temps passait à toute vitesse.

Je me suis d'abord concentré sur le cas d'une blonde que j'ai repérée à la cuisine. Appuyée contre le frigidaire, elle rédigeait un pur roman en texto. French manucure bon marché, masse de cheveux châtain clair relevés en chignon cheap, contour des lèvres redessiné au crayon brun. Elle était pleine de boutons, au menton, ainsi que sur le front, mal camouflés à base de fond de teint. Pull rose s'arrêtant au-dessus du nombril, fute blanc pattes d'eph et grosses godasses à semelle épaisse. Le sale look cradingue dans sa totalité, sauf qu'elle était émouvante. Attirante. Un quelque chose qui me plaisait, dans l'éclat et le côté bonne fille. Une tristesse, peut-être, donnait envie d'être avec elle. La cajoler, la protéger. Elle avait le petit truc vulgaire, aussi, qui promettait que du bon au lit. L'archétype de la fille facile, assez complexée pour avoir les failles apparentes. Je me suis dirigé vers elle, en excès de confiance. Je lui ai dit :

— Je t'aime bien, toi. Je pense qu'aucun garçon t'a jamais vue comme je te vois. Je voudrais tomber amoureux de toi.

Mais je devais manquer de conviction, ou de peps, de quelque chose. Elle m'a regardé, effarée, davantage traumatisée qu'autre chose. Elle a dégagé de la cuisine.

Je me suis rabattu sur une rousse prodigieusement conne, mais sublime. Je l'ai bien matée en lui parlant, elle n'avait l'air refaite de nulle part. Elle était née comme ça : superbe. Idiote au point où ça en devient poétique et troublant. L'imaginer lâchée dans ce monde avec sa cervelle amoindrie et les nichons qu'elle se payait la rendait follement excitante. Perpétuellement en danger, menacée et ayant besoin d'un homme. Elle m'écoutait avec une telle avidité, riant généreusement à n'importe quelle pauvre blague, que je me suis demandé un moment si elle ne me prenait pas pour quelqu'un d'autre. J'ai failli me persuader tout seul que ça ne marcherait pas, que j'allais la baratiner jusqu'au matin et qu'elle m'éconduirait, qu'elle n'aurait pas d'appartement et moi pas de quoi payer l'hôtel, ou une autre esquive à la con. J'ai donc failli la planter là, mais elle s'est accrochée à moi et m'a proposé de la ramener.

J'ai quitté la fête à son bras, plutôt content de moi. Cherché Sandra pour la prévenir, elle était en pleine discussion avec un grand con tout tatoué. Elle roulait, debout, dans sa paume, et l'écoutait en reniflant avec élégance. Je me suis senti assez fier d'être copain avec cette meuf. Et content de montrer au grand con tatoué le canon avec qui je rentrais, en espérant que ça lui foutrait les boules.

Elle habitait une chambre de bonne. Elle s'appelait Stéphanie, elle était surprenante. Pas aussi princesse que son physique l'aurait voulu. On a fumé d'énormes pétards, en écoutant Björk et Beck et Daft Punk. J'étais assez raide pour apprécier même cette musique. C'était la bonne nuit de rêve. Mais je n'ai pas éjaculé. Ça ne m'a pas surpris, depuis plusieurs jours, quand je me branlais, j'arrivais pas au bout à moins d'insister, à me faire mal. Stéphanie l'a pris très personnellement, et a fait des efforts touchants. Infructueux, mais agréables.

Le lendemain matin, j'avais mal au nez, et ça m'a mis un coup de blues effroyable de me réveiller à côté d'elle. Je la trouvais gentille, rigolote au réveil, vraiment comme une petite fille, bandante et pas feignante sous le bonhomme. Elle avait tout bon, dans l'ensemble. Sauf qu'elle n'était pas Catherine et que ce matin-là c'est tout ce que ça me faisait, cette créature sublime se blottissant contre moi : me rappeler que j'avais perdu la fille avec qui j'aurais vraiment voulu être.

*

J'ai commencé de voir Nancy chaque mercredi. On allait marcher en ville, c'était tout ce que j'avais trouvé comme activité, et Nancy avait l'air d'apprécier. Chaque fois que je lui proposais d'aller voir un film elle me répondait « je l'ai déjà vu ». La plupart du temps c'était faux. Elle racontait un tas de conneries. Elle faisait tout le temps semblant de quelque chose. Rapport flou avec le réel, encore mal ajusté. Donnait systématiquement préférence au prodigieux. Contrairement à sa mère, ni ça m'énervait, ni ça m'inquiétait. Elle le faisait très bien, elle avait toute une foule de personnages en réserve, à incarner, à évoquer. Preuve d'une grande imagination, je me disais qu'elle en aurait bien besoin, pour la suite des opérations.

On visitait chaque mercredi un quartier différent. Je retrouvais des automatismes de gamin, quand je traînais dehors sans un rond. Avoir pris des paquets d'acides et de dynintel m'avait laissé quelque expérience de la ville. Je découvrais que je connaissais un tas de coins, des cours intérieures, statues bizarres, ruelles étroites et petits parcs cachés. On marchait beaucoup nez en l'air, à traquer les beaux appartements.

On se moquait de certains passants, Nancy me racontait des trucs sur Buffy et comment chasser les vampires. J'essayais de lui faire voir que Notre-Dame ressemblait à un gigantesque vaisseau spatial, prêt à décoller, elle acquiesçait, pour ne pas me blesser.

Elle aimait foncer dans les magasins quand elle reconnaissait la musique, et danser, vite fait, entre les rayons. Elle voulait que je danse avec elle, gonflait ses joues et faisait des pas rigolos. Je m'étais habitué à ce qu'elle gigote comme une petite chienne, finalement je trouvais ça marrant.

— Tu crois qu'on habitera ensemble, un jour ?
— T'auras peut-être autre chose à foutre qu'habiter avec ton vieux père.

Elle m'idolâtrait, c'était assez agréable. Elle voulait toujours tenir mon bras, en marchant, me déséquilibrait un peu. J'avais la trouille que les passants nous regardent avec un drôle d'air, se demandant si j'étais pas un vieux pédo désinhibé. Mais ça n'arrivait jamais.

J'étais son grand héros, j'avais envie de rester à la hauteur de son affection. L'espèce d'amour qu'elle me portait était tellement entier, indiscutable, solide et vaste, que ça ne me paniquait pas. C'était un attachement qui semblait en dehors des preuves, des événements et des paroles.

— Tu l'as bientôt fini, alors, ton livre ?
— Presque. Je te le ferai bientôt lire.

Je voulais vraiment écrire ce livre, je ne le commençais pas, mais je le désirais plus rageusement que jamais.

Je voulais en contenter juste une. Ça avait très mal commencé, avec ma mère que j'ennuyais. Puis toutes mes copines, je les avais fatiguées. Mais, avec celle-là, j'allais prendre ma revanche.

Un mercredi qu'il a plu, on a pris le métro jusqu'aux Halles. Elle m'a suivie, visiblement inquiète, mais cherchant à le dissimuler :

— Je l'ai déjà pris, tu sais, plusieurs fois.

D'un air bravache, qui m'a touché. Je trouvais triste qu'elle ait déjà peur, ça m'a débarrassé de la mienne. Je réalisais, au fur et à mesure, qu'un fossé la séparait du monde. On lui faisait craindre les choses courantes, possibilités triées sur le volet et elle se retranchait craintivement dans un moignon de vie. Je suis descendu dans ce métro en la tenant par la main, sans l'ombre d'une appréhension.

Elle me transformait, donnait sens à l'effort et à l'âge que j'avais. La sensation d'être en mission, de devoir faire quelque chose et pour une fois de savoir m'y prendre. Je savais la rassurer, la faire rire, lui expliquer deux ou trois choses. Je savais lui donner du bon temps, de la promenade et de la rigolade. Pour la première fois de ma vie, j'avais le sentiment de bien faire, sans tricher, sans imposture. D'entrer dans un rôle que j'avais le droit d'assumer et d'aimer.

Autant le punk-rock s'était avéré être une formation désastreuse pour la vie réelle, ne préparant ni à l'obéissance ni à la compétition ni à la résignation ni aux refoulements exigés ; autant c'était une bonne école pour s'occuper d'une petite fille et ne pas chercher à l'amoindrir sous prétexte qu'il y a des cases et qu'il faudra bien qu'elle y entre. Je ne voulais pas la mutiler, je n'insistais pas pour qu'elle se taise, et je savais l'envoyer chier quand vraiment c'était nécessaire. Dans l'ensemble, je m'en tirais pas mal.

J'avais un peu peur de son âge, du moment où elle décollerait. Pareil que si elle était dans un train, encore à quai, et que je lui balance par la fenêtre tout ce que je trouvais qui pourrait lui servir, « pour la route ». Je lui souhaitais de se faufiler entre les gouttes, de trouver les bonnes clefs et les trésors cachés, je lui souhaitais de se débrouiller mieux que moi et sa mère l'avions fait.

Dans quel genre de monde ces enfants-là seraient-ils adultes ?

— On va manger au japonais ?
— Non, c'est trop cher. On va trouver une pizzéria.
Les restrictions lui apparaissaient étonnantes, exotiques, délicieuses.

Ces mercredis me coûtaient une fortune. Sandra me préparait chaque mardi une pile de cd à aller vendre.

J'étais bluffé par le prix des trucs pour les gamins, les sapes les jeux les livres les DVD les walkman les baskets les sacs, le moindre truc valait une petite fortune. Pourquoi les vitrines n'étaient pas teintées avec de gros avertissements placardés au-dessus des entrées « Attention entrée réservée aux riches » ? Pour que nos enfants nous méprisent de ne pas avoir les moyens de leur payer ce qu'on leur étalait sous le nez, à longueur de trottoirs et de programmes télé ? Ce qu'il semblait normal d'avoir, il fallait vraiment qu'on explique aux gosses qu'on ne pouvait pas le leur obtenir ?

Nancy voulait qu'on aille chez Colette, chez Angélina ou même rentrer dans les boutiques Prada, je la tirais par le bras :

— Ça va pas bien, non ? Je fous pas les pieds là-dedans, c'est trop blindé de sales bourges.

Elle m'observait, du coin de l'œil, perplexe et intriguée. Le truc faisait son chemin dans sa tête, et, le mercredi suivant, dans une pâtisserie, à haute voix, désignant une brave dame un peu rigide :

— T'as vu, papa, cette vieille bourge, comme elle cherche à passer devant nous ?

Chaque chose prenait sens et faisait trajectoire en elle, elle incorporait les informations à vitesse accélérée, les remettait en service, à sa sauce. Comme les très petits enfants apprennent rapidement les mots nouveaux, et les intègrent une fois pour toutes, Nancy était à cet âge où on fait buvard d'idées neuves et qui imprègnent pour toujours.

L'âge où on voit les trucs en grand, où les films sont formidables, les disques apocalyptiques et les premiers livres changent la vie.

J'avais trouvé le truc infaillible pour lui faire lire tout ce que je voulais :

— Surtout ne dis pas à ta mère que je t'ai acheté ce livre-là. Tu me promets ?

Je recevais régulièrement des coups de fil excédés d'Alice :

— Nancy vient de me dire que tu étais OK pour qu'elle se fasse percer l'arcade sourcilière. Tu N'AS PAS à prendre ce genre de décision, Bruno.

Elle articulait remarquablement bien, je jubilais qu'elle prête le flanc :

— Alice, ne me dis pas que tu l'as cru.

Comprenant son erreur, vexée, elle embrayait immédiatement :

— Il faut absolument qu'elle cesse de mentir.

— Elle profite de la situation, c'est normal, c'est de son âge.

— Qu'est-ce que tu connais à ce qui est normal, toi ?

Alice m'en voulait d'avoir débarqué comme une fleur et m'entendre aussitôt avec Nancy. Deux semaines après mon arrivée dans sa vie, la gosse s'était mise à avoir de bonnes notes, c'était sa façon de faire savoir au monde que quelque chose lui faisait du bien.

Par-dessus tout, Alice m'en voulait de ne pas travailler. D'avoir mes mercredis libres, mains dans les poches et sans portable. Que j'aie le temps de regarder des films et de lire des livres, de traîner. Elle n'imaginait pas ce que ça pouvait avoir d'angoissant, de rabaissant, d'intenable pour moi. Elle ne percevait que l'aspect cool du truc, dégagé de responsabilités, disponible, branleur éternel qu'elle croyait à l'abri des désagréments de sa vie d'adulte.

Ça m'est vite passé, d'imaginer qu'elle avait réussi quoi que ce soit. Elle posait son petit cul dans des fauteuils à trente mille balles, elle faisait la queue chez Fauchon plutôt qu'à Auchan et elle bouffait des huîtres comme moi je m'enquillais les sandwichs. Mais il était flagrant qu'elle ne se sentait pas moins merdeuse pour autant.

Elle avait une vie pire qu'une caissière, au final. Une vie de merde, des horaires d'esclave, toujours joignable au téléphone, le teint toujours brouillé sous le fond de teint, dégradée par la fatigue, la guerre des nerfs et le vide émotif ambiant.

Auparavant, les gens bien nés, comme elle, ne s'occupaient que d'avoir une belle vie. Les femmes, surtout, n'allaient pas abîmer leur charme à trimer comme des larbins de base. Alice n'avait pas été éduquée en fonction du monde qu'elle allait affronter, on l'avait fait grandir dans l'illusion d'un ancien monde. Elle n'était préparée à rien.

Ce qui faisait la légitimité de sa classe d'origine, odieuse, cruelle, discutable, mais légitimité quand même, c'était le plaisir. Le bon goût, le raffinement, le savoir-vivre... Une toute petite classe sociale privilégiée était le « point de convergence » fitzgéraldien du travail abrutissant la planète entière. Tout le monde trimait pour que ces quelques personnes puissent s'occuper de prendre du bon temps, d'avoir du goût et un bon style. Et, justement, de ne pas travailler vulgairement.

À présent, même ceux-là, surtout ceux-là, en première ligne, courbaient l'échine comme des esclaves, vies laborieuses, sans garantie, sans prendre le temps de rien. L'exploitation s'était durcie, mais ne convergeait plus vers le bonheur de personne.

Et Alice m'en voulait pour ça. Elle s'imaginait que j'avais été plus malin qu'elle. Elle, qui avait tout bien fait comme il fallait – obéir à ses parents catholiques, ne pas avorter, bien travailler, bien se dépenser, bien croire en les valeurs matérielles, bien tout faire pour bien tout avoir de ce qu'il fallait avoir – sentait qu'elle s'était fait arnaquer. Et se retournait contre moi, assez bêtement.

J'évitais soigneusement de lui faire comprendre que je n'en menais pas large, sans domicile, sans carte bleue, sans revenu et sans projet. Je faisais le gars qui prend tout ça à la coule, parce que j'aimais bien l'énerver.

Régulièrement, entre deux réflexions futiles, Nancy balançait une de ces bombes discrètes dont elle avait le secret :

— Tu l'as aimée, ma mère, quand même ?

Je répondais sincèrement que oui, qu'elle était drôle et émouvante, j'évitais de parler des autres qualités que je lui trouvais. Je disais que je l'avais aimée, mais pas longtemps, qu'ensuite ça s'était effacé.

— Vous avez été séparés à cause du déménagement ?

— Ouais, t'étais encore qu'un tout petit bout de chou bien planqué dans le ventre de ta mère.

— Un peu comme Roméo et Juliette.

— À part qu'on n'est pas morts, c'est un peu ça.

*

Chaque matin, en me réveillant, je prenais une série de résolutions radicales. L'idée, en vrai, était encore d'épater Catherine quand elle appellerait pour qu'on se revoie. Entrer avec elle dans des restaus bondés en sifflotant gaiement, lui faire lire mon livre, écrit dans la joie et l'inspiration, lui présenter ma fille, avec qui j'aurais développé un vrai rapport de connivence, et même lui proposer, mine de rien, d'aller faire des courses en grande surface, le samedi après-midi, en me servant de ma carte bleue... J'allais devenir pile le bonhomme qu'elle regretterait d'avoir plaqué.

Allongé sur le canapé déplié, tout semblait assez simple pour remonter la pente : trouver un éditeur qui voudrait me faire traduire quelque chose, chercher des piges pour rentrer un petit peu d'argent, reprendre le sport, trouver une piscine digne de ce nom où faire une longueur sans se cogner, emprunter à quelqu'un de quoi sortir Nancy au cinéma ce mercredi-là. Assez rapidement, me dénicher un petit studio, et, bien sûr, commencer mon livre... Je me délectais de cette liste précise et tout me semblait envisageable.

Mais, une fois debout, j'avais envie de pleurer comme un gosse tellement je ne savais pas par quoi commencer.

Alors, je roulais un pétard. Puis je tournais dans la maison, toujours à chercher quelque chose, et partais dans des réflexions brumeuses, que j'oubliais en cinq minutes.

Sandra m'a donné le numéro d'un éditeur qu'elle connaissait. Il m'a fallu trois jours pour l'appeler. Et, le matin du rendez-vous, je m'étais bloqué les cervicales. Sandra m'a tellement répété que je devais y aller quand même que je suis descendu, complotant d'aller attendre dans un bar avant de rentrer, et de ne pas y aller, sans pour autant appeler pour annuler. C'était tellement grotesque que je m'en suis rendu compte tout seul.

Et j'y suis allé, en pestant contre Sandra, « je ne suis pas un mutant, moi, je m'excuse d'avoir une sensibilité et encore quelques idées de gauche, moi ». J'ai attendu le type trente minutes, top angoissé à l'idée qu'il ne vienne pas et me laisse régler mon thé moi-même. Je n'avais pas envie d'apprendre combien coûtait l'eau chaude dans un endroit pareil.

Derrière moi un bonhomme affirmait plaintivement :

— Je sais qu'il commence à se dire que je rentre dans la cour des Grands. Et ma voie, elle est là. Et tout le monde me le dit.

Une dame à la voix rauque essayait d'être rassurante, quasiment maternelle, mais restait très hautaine :

— Toi, tu es un écrivain. Vraiment.

— C'est ce qui commence à se dire, partout... Je sais que je vis de façon assez spartiate, mais quand même, là, c'est limite... Il faut que tu lises mon livre.

— Ce week-end.

— Tu verras, ça se lit tranquille. Avec beaucoup de légèreté d'âme.

À cette dernière saillie, je me suis retourné pour jeter un œil sur l'énergumène. Impossible de lui donner un âge, il était habillé comme un benêt, sourire enfantin, des grosses joues et des yeux clairs, difficile de le détester, ne restait plus qu'un vague mépris.

Puis des Américains sont arrivés, le type qui écrivait des bouquins à base de légèreté d'âme était en fait un journaliste, il tenait le micro pendant que la mégère dingue posait des questions. On se serait cru dans un mauvais sketch :

— Justement, en parlant de Danone... les syndicats ont dit aux employés, et le parti communiste aussi, que, s'ils avaient perdu leurs emplois, c'était pour des raisons boursières. Sous-entendu, à cause des fonds de pension.

Un gars a traduit la question, en chuchotant, à toute vitesse, l'interviewé a déclaré, définitif mais pas fâché :

— This is a lie.

La dame l'écoutait en approuvant, ses lunettes descendues tout au bout de son nez, son vieux cou un peu flasque, elle faisait des « hmm, hmm », concernée.

L'Américain était lancé :

— Ceux qui sont contre la mondialisation, c'est stupide. C'est comme dire « je suis contre demain matin », ou « je suis contre le soleil ».

Et autour ils ont bien rigolé, effarés et un peu étonnés que quelque part des gens puissent être assez naïfs pour être contre les évidences... Effarés et ravis d'être de bons citoyens, lucides et résignés.

Vu de ce coin du quartier, de ce bar en particulier, il n'était pas bien difficile de juger dérisoires toutes ces réticences d'arrière-garde contre un système pas si mauvais... Est-ce qu'on n'était pas bien assis, bien isolés, bien protégés, dans ce foutu coin du cinquième ?

Le type avec qui j'avais rendez-vous a surgi brusquement, s'excusant de ne pouvoir me recevoir dans son bureau, mais ils étaient en train de le repeindre... J'ai dit :
— Au contraire, c'est très agréable, ici.
En souhaitant me pendre, ou exploser directement, sur place, qu'ils soient éclaboussés au moins une fois par quelque chose.
Je n'ai pas bien saisi si le gars avait un rhume ou un problème de drogue, il parlait à volume très bas, mais rapidement, ce qui obligeait à se pencher vers lui et se concentrer pour écouter. Je n'avais pas l'habitude d'entendre des gens parler comme ça, je me serais cru branché sur France Culture. Et je n'écoutais pas France Culture. Il fallait que je traduise en français normal, au fur et à mesure, ce qu'il me racontait. Il me semblait que c'était un fatras de grosses conneries, mais je n'en étais pas encore sûr.

Le problème, avec ce genre de gars du cinquième, bien habillé, grassement payé, bien né, bien éduqué, bien cultivé, ayant un bon job etc. c'est qu'ils annulaient tout espoir en l'humanité. Quand je croisais un type top largué au comptoir d'un PMU et qu'il me racontait n'importe quoi, je pouvais toujours m'imaginer qu'avec un peu de boulot il réfléchirait plus droit. Mais ces gars du cinquième signaient la mort de cette illusion. Ils avaient tout pour eux mais restaient aussi cons qu'une bite.

On était dans un bar la classe, une atmosphère feutrée, garçons discrets mais efficaces, jamais un cendrier ne restait plein plus de deux minutes. Contraste flagrant, avec Barbès. Tout, dans l'endroit, était en place pour affirmer : le reste du monde n'existe pas. Nous sommes de cette partie du monde où chaque chose reste bien en place. Nous sommes de cette partie du monde qui tire un profit du chaos.

Jamais, quand j'étais adolescent, je n'aurais imaginé devoir un jour m'asseoir dans ce genre d'endroit et fumer des clopes en fermant ma gueule. J'avais cru dur comme fer que je grandirais entre les gouttes, n'ayant besoin de rien, et surtout pas de collaborer. Mais ça s'était resserré sur nous, la pluie, il fallait faire preuve d'allégeance sous peine de se faire annuler.

Je n'ai pas eu besoin de dire grand-chose, il a parlé tout le temps. J'étais probablement une des rares personnes à qui il puisse imposer son discours. Il n'était pas désagréable avec moi. Il était surtout totalement largué. Ça se voyait à ses vêtements : quand on met si cher dans ses fringues, autant les choisir classe, et les siennes faisaient pitié. Il était désolé de devoir m'expliquer qu'ils cherchaient bien des traducteurs, mais que le marché était tel qu'ils ne pouvaient pas bien les payer, il était le premier à le regretter mais voilà il n'y pouvait rien.

Il y pouvait parfaitement quelque chose, seulement, comme la plupart de ses collègues, il était à ce point pressé d'obéir qu'il en oubliait de réfléchir. Encore un de prêt à tout pour que le patron le félicite... Ça marchait à la menace d'être viré, bon à rien, dégagé. Le filon de l'expulsion avait été bien exploité : expulsion des beaux quartiers, expulsion des centres-villes, expulsion économique, expulsion du territoire, expulsion du droit à la santé, expulsion de l'entreprise, expulsion des appartements, expulsion des banques, expulsion des bonnes écoles, expulsion de la citoyenneté, expulsion de la jeunesse. La maltraitance des expulsés n'avait rien à voir avec le hasard, elle était spontanément encouragée par le corps social, doté d'un inconscient puissant, afin d'assagir les inclus. Tous ces gens avaient tellement la trouille d'être dégagés qu'ils devançaient les désirs du maître avec un zèle désespéré. Il n'y avait plus besoin de les surveiller, les encadrer, les motiver...

Je suis remonté à pied, assez découragé par cette entrevue. Chaque fois que je cherchais du travail, j'étais saisi de mélancolie. Je n'ai jamais su me décider, si ça m'énervait grave parce qu'il y avait vraiment de quoi, ou parce que j'étais vraiment un branleur et que la seule idée de me mettre au boulot me consternait durablement.

J'enjambais des clochards, croisais des femmes assises sur le trottoir, main tendue et psalmodiantes, et plus loin d'autres, debout, attendant le client.

Parcours criblé d'espaces de pub, j'en bouffais davantage en marchant trois quarts d'heure qu'en restant devant ma télé, car ces messages-là ne pouvaient pas se zapper. Pub Dior, d'une beauté inquiétante, femme étriquée dans un cadre, les fesses en l'air, attendant qu'on la prenne, la violente, la surbaise. En guise de propagande, ils exhibaient leurs propres filles. Voilà notre attitude correcte : toujours prêts à se faire prendre, toujours prêts à se faire défoncer.

Il suffisait d'aller faire un tour dans les quartiers riches pour s'en convaincre une fois pour toutes : personne ne profitait de cette merde. Femmes déformées de honte, corps culpabilisés, jamais assez minces, jamais assez jeunes, jamais assez bien habillés. Les journaux, toujours complaisants, s'inquiétaient de ce que l'émancipation des femmes avait dévirilisé, fragilisé les bonshommes. Sans jamais signaler que la castration se faisait au travail, pour le bien-être de plus personne.

Leur vieux monde prenait l'eau depuis un long moment, ils savaient qu'ils allaient disparaître et, tant qu'à faire, comptaient se la jouer pharaonique : que tous les subalternes soient de la chute finale. Ils avaient réécrit l'histoire mais leur mémoire ne flanchait pas : ils avaient de vieux comptes à régler avec la classe laborieuse. À plusieurs reprises, ils avaient failli perdre pied. Maintenant que leur vieil ordre ne tenait plus la route, ils sabordaient le plus large possible, pour ne rien laisser derrière eux.

*

Sandra laissait toujours des radios allumées, dans toutes les pièces, pas réglées sur la même fréquence. Dans le salon, j'entendais des gamins qui s'énervaient sur les journaux hip-hop, dans la cuisine, une reprise de Laurent Voulzy, dans la salle de bains, des intellectuels faisaient les malins à propos d'un bouquin merdique.

Sandra me retapait le cerveau, tous les soirs. En fait, elle avait un mental d'infirmière.

On ne baisait toujours pas. À certaines tenues qu'elle portait, je croyais comprendre qu'elle ne serait pas contre. Mais l'envie m'était complètement passée. Peut-être parce que la sienne était manifeste. Peut-être parce que je n'avais pas envie qu'elle découvre que je n'éjaculais plus, ça l'aurait trop intéressée. Elle aurait sorti ses tarots, ses pendules, son Yi King et quelques livres de psychologie, elle m'aurait bombardé de questions, elle m'aurait tout traumatisé.

J'attendais que ça me revienne, tout seul. J'avais l'impression que, tant que je n'en parlais pas, tout finirait par aller mieux.

De toute façon, au fond, je ne trouvais pas que ça soit une mauvaise chose : au moins, personne ne pourrait me refaire le coup.

Sandra n'était pas une fille d'Ève pour rien : fallait toujours qu'elle cherche le secret, cherche à savoir, à comprendre. Elle croyait qu'il était possible de se débarrasser des angoisses, des points faibles, du manque d'assurance, simplement en parlant, en comprenant, en se prenant la tête. J'avais un léger doute là-dessus, mais j'aimais quand même bien qu'elle me tripote le cerveau, régulièrement.

— Alors, comme ça, ton père à toi est parti quand tu avais douze ans ? Mais c'est super intéressant ! Tu comprends, c'est comme si, avec ta fille, tu pouvais repasser là-dessus, déverrouiller et annuler les effets néfastes.

Je n'écoutais pas forcément bien ce qu'elle me racontait. J'aimais bien qu'on me parle de moi, c'était déjà ça. De toute façon, on fumait tellement de beu, tout le temps, que les mots de la veille avaient quitté ma tête le lendemain.

— Mais pourquoi t'arrives pas à écrire ? C'est quoi, ce blocage ?

— C'est pas un blocage. C'est normal, y a un tas d'auteurs qui ont mis des années avant d'écrire leur livre.

— Il faut que tu fasses quelque chose. Si c'est pas ton livre, il faut que ça soit autre chose. Franchement, je m'entends bien avec toi, je suis contente que tu sois là... Mais tu vas pas te faire entretenir toute ta vie par des filles, si ?

— Tant qu'il y en a...

— Et quand il y en aura plus ?

— Arrête d'être méchante, Sandra, merde... Tu vois pas que t'es flippante, pour moi ?

Avec Sandra, je me reconnectais à de très vieux moments. Elle était un pur produit de l'aristocratie punk-rock : mal née, fauchée, survivant de boulots pathétiques, habitant dans les pires quartiers, mais s'écorchant les lèvres s'il fallait s'adresser à quelqu'un qu'elle n'aimait pas. Et il y en avait à foison, des gens qu'elle n'aimait pas. Soumise à un protocole sévère et complexe, elle se déchirait la panse dès qu'il s'agissait de se faire conciliante pour gratter un peu de thunes. Elle avait ce sens du dérisoire, une dignité de vieux pirate, et elle mettait un point d'honneur à être droite. Avoir une parole, garder la tête haute, le sens de l'amitié. Savant dosage de virilité nippone et de raffinement viking, elle avait ce réflexe, à chaque proposition, la renverser pour la considérer à l'envers et en tirer un bon mot.

On discutait souvent, de la date à laquelle ça avait commencé de vraiment déconner : chute du Mur, apparition du cd, mort de Kurt Cobain, Deuxième Guerre mondiale... Nos avis divergeaient, sur l'origine du grand bordel.

*

Alice a fini par me demander si je pouvais prendre Nancy une semaine, pour les vacances de Pâques. J'ai répondu « pas de problème », puis je suis rentré prévenir Sandra.

Ça faisait un bail qu'elle rêvait de revoir la petite, aussi a-t-elle jumpé d'enthousiasme. J'étais anxieux. J'avais l'habitude de voir Nancy seul à seul, un peu peur de crever la bulle, de ne pas être à la hauteur.

J'ai fait le tour de l'appartement avec un œil neuf, sceptique : statue d'Hell Raiser sur une chaise électrique, une photo de Richard Kern encadrée, une fille ligotée sur une chaise, livres de Slocombe alignés, d'autres d'Annie Sprinkle, sur une étagère, collection de vidéos « cannibale », piles de mangas, photo au mur tirée de *Scarface*, quand il se fait tuer... tout ce qui semblait normal la veille était d'un seul coup très bizarre.

Sandra a compris ce que je pensais, elle a commencé de ranger des trucs au placard. Puis elle a décidé de faire un peu de ménage, et, comme souvent avec les filles, ça a dérapé dans l'absurde... Elle a fini par nettoyer les carreaux au-dessus de l'évier avec une brosse à dents imbibée d'eau de javel, pour « ravoir » les joints blancs, puis a sorti des cotons-tiges pour nettoyer la machine à laver... Je l'ai laissée faire, perplexe. Elle a fini par attaquer les poignées de porte et les interrupteurs, des choses que je n'aurais jamais pensé à nettoyer, de toute ma vie.

*

Nancy était ravie, le matin que je suis venu la chercher pour passer une semaine « chez moi ». En arrivant métro Barbès, elle a pris tous les petits cartons que distribuent les gars, contacts de marabouts, dont d'habitude personne ne veut. Elle s'est arrêtée et a entrepris de discuter avec un grand type à l'air dingue. Je l'ai traînée par le bras, catastrophé. J'avais l'impression de balader une mini-bombe menaçant d'exploser à chaque carrefour. L'imaginer seule en ville était un vrai supplice. Et combien de temps on pourrait la parquer comme ça ?

Elle a trouvé le quartier follement sympathique. Elle jetait des coups d'œil inquiets à certains gamins sur la route. Moi, je serrais les dents en voyant les gamins lui rendre son regard, et je pouvais lire ce qu'ils en pensaient, ce qu'ils lui feraient très volontiers.

Je me suis pris à rêver d'un monde rempli d'éphèbes, que des gars doux et calmes, qui ne penseraient qu'à la poésie. Qu'on foute la paix à ma gamine.

— J'ai envie de mettre des jupes, mais j'ai pas de chaussures pour aller avec des jupes. Tu veux pas m'acheter des bottes ?

— Rien du tout, t'es très bien comme t'es.

Elle a fait le tour de l'appartement, séduite, pas chiante. S'est entendue avec Sandra, un peu trop bien à mon goût. Elles ont disparu dans la chambre, complots de bonnes femmes. Puis Nancy est réapparue, chaussures à talons hauts, jupe trop courte, maquillée, tee-shirt moulant... J'ai senti mes mâchoires se crisper et me suis retenu d'en coller une à Sandra que ma tête faisait beaucoup rire :

— Ben, lors, qu'est-ce qui t'arrive ?

Et, plus bas, pendant que Nancy se trémoussait devant un miroir :

— Elle te rappelle des filles que t'as connues et avec qui t'as pas été aussi correct que tu le voudrais, aujourd'hui ?

— Pourquoi tu l'encourages à faire ça ?

— Je l'encourage à que dalle... t'as une fille, t'as une fille. Qu'est-ce que tu veux que je te dise ?

Comme pour me couper définitivement l'appétit, Nancy a sorti *Moulin Rouge* de son sac et a entrepris de nous faire une chorégraphie.

Elle devenait vraiment ravissante. Ça ne me plaisait pas du tout.

« *Voulez-vous coucher avec moi, ce soir ?* »

Elle tournicotait sur elle-même, radieuse. J'étais vraiment triste, de ne pas l'avoir connue plus tôt.

*

Le reste de la semaine, elle nous a foutu la paix avec ses tenues de petite bonne femme. Au contraire, on aurait dit qu'elle se réfugiait dans son rôle de petite fille, elle-même effarée de ce qu'elle avait découvert ce soir-là. C'était ses adieux à l'enfance, sa dernière semaine d'enfance pure.

Elle se réveillait aux aurores, filait au salon mettre *Buffy*. J'étais dévasté à chaque fois que j'en voyais un extrait : petite rouquine en vinyle noir agenouillée sur un gaillard enchaîné, jouant à le brûler avec des allumettes ; punk nigaud buvant du Jack Da en chantant des airs de Sid Vicious ; monstres atroces terrorisant l'héroïne, double message difficilement occultable. Je regardais Nancy d'un air dubitatif, qu'est-ce qu'elle y comprenait ? Et je l'emmenais faire un tour.

Le soir, Sandra et moi devenions nerveux : on avait décidé de ne pas fumer d'herbe devant elle, et c'était insupportable, la nuit tombée. On n'arrêtait pas de lui demander « t'es sûre que t'es pas fatiguée ? » et autres « il est quand même tard, faut te coucher ».

Je flippais trop grave de la réaction d'Alice, je l'imaginais débarquer et faire un scandale. J'étais sûr qu'elle était forte en scandale.

Et aussi : c'était pas des trucs qu'on avait à faire ensemble, être raides. Question de bon sens : à treize ans, ça m'aurait désespéré de voir ma mère tirer sur un pétard et rigoler bêtement en s'affalant devant la télé. J'aurais eu tellement honte pour elle que j'aurais eu des frissons de dégoût.

L'adolescent que j'avais été était reconvoqué, tous les jours, à son contact.

Il me manquait terriblement. Sa ferveur, son aptitude à l'évidence, son goût de la rigolade... Quelque chose hier à portée de main s'était évanoui, sans que je sache exactement quand, et j'étais passé de l'autre côté. Un enthousiasme, que je tenais pour acquis, s'était éteint.

Le jeudi qu'on était avec elle, on l'a emmenée chez des amis de Sandra, sous prétexte qu'il y aurait d'autres enfants.

Grande maison, tablée de gens très gentils, un peu ternes. Et des gamins, partout. Nancy les a rejoints, pendant qu'on se faisait chier avec les grands. Les gosses passaient en courant, en hurlant, un parent gueulait dessus, un autre faisait signe de se calmer. J'étais soulagé de constater que les vieux avaient tous l'air à peu près aussi largués que moi. Comme quoi c'était pas seulement dû au fait que je l'avais connue tard.

Les gosses se sont entassés dans un bureau ; finalement, ils s'étaient mis sur Internet. Ils revenaient, par paires, faire la gueule à notre table. Parce qu'ils n'étaient pas tous d'accord sur quoi faire avec un seul Internet. Puis retournaient jouer, d'autres revenaient, vexés, restaient deux minutes et repartaient.

Nancy devait s'amuser spécialement bien, on ne l'a pas vue pendant deux plombes. Puis ça s'est mis à hurler, super fort. Et un gamin est arrivé, se tenant la tête à deux mains, tout rouge et en larmes. Suivi de Nancy, l'air contrit, tête basse, faisant déjà la gueule à l'idée de se faire disputer.

Elle l'avait cogné. Je n'ai jamais su pourquoi, le gosse avait dit quelque chose qu'elle n'avait pas aimé et elle l'avait tapé. Tous les regards braqués sur moi, je me suis senti cramer de honte, pas étonné que ma fille soit caractérielle, mais pas l'habitude du rôle de papa rendant la justice.

Quelqu'un a dit « une fille, en plus », sur un ton consterné. Et au lieu de gueuler sur la môme, je me suis retourné, j'ai cherché le con qui avait dit ça et je me suis défoulé sur lui :

— Quoi, une fille ? Ça serait ton fils, ça serait moins con ?

Sandra s'est jointe à moi :

— Quoi, comment, qu'est-ce qui se passe ? Parce que c'est une fille il faudrait qu'elle se laisse insulter sans réagir ?

Et, dans un ensemble touchant, on leur a pourri leur après-midi. On s'est cassés juste après.

J'ai essayé de simuler la désapprobation, dans le taxi. Mais ça se lisait sur ma face aussi bien que sur celle de Sandra : on ne pouvait s'empêcher de trouver ça marrant, qu'elle ait mandalé ce sale gamin. On ne l'aimait pas, ce gosse. J'ai fini par admettre :

— Comment tu l'as tapé, ce con, c'était trop énorme... enfin, c'est mal, tu le sais, c'est pas bien... mais quand même, comment tu l'as tapé...

Je ne parvenais pas à masquer à quel point j'étais de son côté. Du côté de sa colère, d'être une gosse pas bien dans sa peau et qui ne convenait à personne.

Elle a pris la tête au chauffeur de taxi pour qu'il lui mette Skyrock, et on est rentrés très contents, vraiment la famille à crapules.

Ce soir-là, Nancy couchée, alors qu'on roulait un pétard énorme pour rattraper tous ceux qu'on n'avait pas fumés de la journée, Sandra a posé sa tête sur mon épaule, sans lâcher la télé des yeux :

— Je te trouve bien, comme papa, je te trouve vraiment formidable, tu sais.

J'ai bien aimé le compliment. Pour une fois, j'en ai accepté un sans avoir l'impression de tromper mon monde. J'aimais tellement jouer ce rôle-là, ça se pouvait que je sois doué pour ça.

139

J'aurais dû, ce soir-là, prendre Sandra par l'épaule et l'embrasser. J'aurais dû suivre les choses comme elles avaient l'air de vouloir être. Mais je me suis retenu. Comme si j'avais la vie devant moi.

*

À la fin de cette première semaine, Nancy a rangé ses poupées et ses musiques de petite fille pour se mettre au métal, sans qu'on comprenne bien ce qui se passait. Le grand frère d'une copine leur avait parlé de Watcha, elle a trouvé le cd dans les affaires de Sandra. Elle a demandé « c'est bien, ça ? », on a répondu « c'est de la merde », et elle avait adopté le truc avant même de le mettre en platine.

Elle passait des coups de fil à sa copine au grand frère :

— Tu veux pas demander à ton frère s'il connaît un truc qui s'appelle Pleymo ?

Elle attendait que la fille revienne, le combiné coincé contre l'épaule, en nous parlant de choses et d'autres, et s'interrompait subitement :

— Si ? Dis-lui que je l'ai… Ouais, j'adore ça.

En se regardant dans un miroir, essayant des pauses de femelle qui me donnaient envie de me coucher et mourir.

Nancy écoutait Watcha et Pleymo, en boucle, vraiment fort, comme une jeune, et sautillait partout chez nous, sorte de majorette déjantée.

Comme beaucoup d'anciens combattants, Sandra et moi avions du mal avec la musique de jeunes. On les soupçonnait tous, comme nos aînés l'avaient fait avant nous, d'avoir l'énervement frelaté, d'être un peu tous des cons, de ne rien savoir de ce qui comptait, de ne pas avoir été là quand « ça » se passait. C'est-à-dire quand c'était notre tour de ne pas encore avoir vingt ans.

Ça nous agaçait pire que Britney, les groupes de métal à Nancy. C'est ainsi que Sandra a lancé :

— Tu nous fatigues à jumper du matin au soir… On va t'emmener voir Kickback.

Je me suis redressé, indigné, Sandra m'a rassuré :

— C'est un showcase, à la Boule Noire.

Bon, s'il n'y avait que des journalistes et des invités triés sur le volet, ça serait ambiance concert de jazz, simplement en plus bruyant. C'était envisageable. Y avait intérêt à ce que ça soit envisageable, parce que Nancy se jetait littéralement contre les murs à l'idée d'aller voir un concert.

— T'es jamais allée voir un concert ?

— Quand j'étais toute petite, j'ai vu Hélène. Et aussi les Spice Girls, Janet Jackson et MC Solar.

— OK. On l'emmène voir Kickback.

Rien qu'à la queue devant le concert, j'ai commencé de sur-flipper, et Nancy de répéter :

— C'est le plus beau jour de ma vie. Je vous remercierai jamais assez.

En ouvrant de grands yeux éblouis d'écureuil propulsé aux anges… Masses de deux mètres de haut, surtatouées, visages criblés de piercings, tout le monde en jean informe descendant jusqu'au bas des fesses. J'ai serré le bras de Sandra, un peu agressif :

— C'est un showcase, ça ?

— Je sais pas quoi te dire... Peut-être que les journalistes métal sont plus furieux que les autres ?

J'avais peur que Nancy cavale et aille parler à n'importe qui. Mais elle restait tout contre moi, tranquille et les yeux grand écarquillés. Il n'était pas difficile d'imaginer qu'au fur et à mesure de la soirée, elle préparait mentalement la version qu'elle en raconterait à l'école, glanant à droite à gauche des détails qui feraient vrai.

Le concert a commencé. J'étais rétif, comme à chaque fois que je remettais les pieds dans un concert avec guitares. Prêt à tout critiquer, regardant ceux qui s'amusaient avec circonspection. Mais je savais, d'expérience, que celui qui s'éclate met fatalement la raison de son côté.

J'ai assis Nancy sur le comptoir, au fond de la salle, elle rayonnait, mains croisées sur ses genoux, dos bien droit, fascinée d'entendre autant de bruit.

Je lui ai fait signe de rester en place, je me suis dit que Sandra resterait à côté d'elle, et je suis allé voir devant, ce qui se passait dans le pit. Je voulais surtout faire du mauvais esprit, trouver les gamins pathétiques, formuler des bonnes vannes sur eux.

Mais ça le faisait, j'ai dû l'admettre en m'approchant. Et ça m'a fait un peu plaisir, que quelque chose existe encore. Et profondément mal, de ne plus avoir place dans le décor.

Pourquoi les choses avaient-elles été aussi drôles et prenantes, si c'était pour qu'elles se rétrécissent ensuite, se resserrent et perdent leur goût ?

Le devant de scène était traversé de gaillards allumés, collant de grands coups de poing dans l'air, ou dans le voisin, et des coups de pied dans le vide ou bien pleine tête, colère et défoulement, visages crispés, concentrés, et ravis.

Je me tenais contre le mur, soigneusement à l'écart, regardais ça de loin, pensif et amusé.

Lorsque j'ai vu Nancy au milieu de ce carnage, il m'a fallu quelques secondes pour la reconnaître et réagir. Puis encore quelques secondes pour réussir à l'atteindre au milieu du brutal combat. Dès l'instant que j'ai mis la main sur elle, les gaillards du pit ont calculé que non seulement c'était une fille, mais en plus une toute petite fille. Ils m'ont efficacement aidé à la ramener au bord. Ils n'avaient aucune envie que leur concert ressemble à un jardin d'enfants.

Une fois sur le côté, Nancy m'a lancé un regard radieux, s'est agrippée à moi pour que je me penche et que je l'entende, elle a hurlé :

— Je suis en transpi !

Comme si ça ne se voyait pas : elle dégoulinait de sueur, cheveux collés autour de son visage cramoisi. Elle a hurlé :

— C'est vraiment le plus beau jour de ma vie !

Et a recommencé de sauter sur place, dans une adaptation approximative de la danse pratiquée plus loin.

Je n'ai pas osé lui interdire de secouer la tête. J'ai tourné la mienne trente secondes pour regarder le groupe, et elle n'était plus à côté de moi, de nouveau dans la fosse. J'ai eu le temps de la voir se démener au milieu des gars, et de rester cloué sur place. Elle ne dépareillait pas, au premier coup d'œil, elle s'intégrait bien à la masse, c'est pourquoi ils ne l'ont pas ramenée de force vers moi tout de suite. Elle s'exténuait de rage, son visage se crispait tout seul. Elle cognait de toutes ses forces. Elle faisait partie de ma famille. J'ignorais que la propension à la colère se transmet aussi intacte que les yeux.

Je l'ai traînée au fond de la salle, on a retrouvé Sandra penchée sur une bière en train de parler en hurlant au grand tatoué à l'air con avec qui elle était déjà à la fête.

Une fois dehors, Nancy exultait. Je lui ai expliqué :

— Tu dois pas aller devant, dans ce genre de concert. C'est trop violent.

— J'ai pas eu mal, ça me fait pas peur. Oublie pas que je suis comme Buffy. C'était trop puissant, d'être devant !

Elle avait les yeux perdus dans le vague, pensait à ce qu'elle raconterait, à l'école... Extatique perspective de frimer comme une dingue.

Je me suis obstiné, pas content :

— Non, c'est trop dangereux d'aller devant. Même si on est pas là, tu dois jamais recommencer ça. Tu m'entends ?

Elle ne me prenait pas au sérieux, ce qu'elle venait de découvrir était trop important, il fallait que je comprenne qu'il faudrait qu'elle y retourne. Elle a questionné, de bonne humeur :

— Parce que je suis trop petite ?

— Parce que t'es une meuf, putain. T'as rien à foutre dans la fosse.

C'était pareil que lui coller une claque. Elle s'est arrêtée de marcher, m'a dévisagé, vraiment sonnée. Je n'ai pu que feindre d'ignorer le regard assassin de Sandra. Nancy avait l'air tellement malheureuse, j'ai soupiré :

— De toute façon, la prochaine fois, je serai pas là pour te surveiller.

Qu'est-ce que j'y connaissais, moi, de ce qu'on doit dire aux petites filles ?

*

À la fin de la semaine, en ramenant Nancy à sa mère, j'avais assoupli mon jugement : ça avait été une semaine formidable, mais, OK, c'était un putain de bordel, avoir une gosse à domicile. L'idée qu'elle n'assure pas à plein temps et que par moments elle se sente piégée, bloquée, commençait à faire son chemin. Alice faisait bien ce qu'elle pouvait, je prenais conscience de ça.

Elle semblait exténuée, à son retour de vacances. Pour une fois, j'ai été franchement aimable avec elle :

— Si t'as besoin de quoi que ce soit, même pendant la semaine, hésite pas...

Mais elle manquait d'habitude, alors elle m'a envoyé chier :

— N'en fais pas trop, quand même.

*

Jusqu'à l'été, tout ça s'est maintenu, à peu près... Les mercredis avec Nancy, qui commençait à forcer sur les groupes métal, Alice me le reprochait « c'est pour te plaire, ça », et je trouvais que c'était une bonne raison de commencer à écouter de bons disques.

Nancy avait renoncé à s'habiller comme une poufiasse, à mon grand soulagement.

J'ai réussi à rendre deux traductions, dans les temps, donné un peu d'argent à Sandra...

Le souvenir de Catherine s'effaçait progressivement, à peine une fulgurance atroce, si j'y repensais d'un peu trop près.

J'ai attrapé la boulangère, toujours pas d'éjac, mais elle aussi a déployé des trésors d'ingéniosité pour m'y aider. J'ai commencé à me dire que ça n'était pas un mauvais truc...

Tout ça s'est gentiment maintenu, jusqu'à l'été. C'est après que ça a dérapé.

Troisième partie

SUR UN TAPIS VIOLENT

« Serait-ce trop demander à cette espèce de poissons mis sur le sable – la race humaine – de considérer l'impensable, pour le bien de l'évolution ? »

William Burroughs

J'étais chez Alice, au début de septembre, j'attendais Nancy.

Allongé sur le dos, chevilles croisées sur l'accoudoir, je surveillais la tour Eiffel à travers la porte-fenêtre. Elle se dressait, droite et nette, sur un ciel gris strié de rose. Je piochais dans le paquet de petits nounours translucides, j'en ai choisi un jaune, un rouge, les saveurs chimiques se mélangeaient bien.

J'ai entendu la porte de l'ascenseur claquer sur le palier, puis le bruit de la clef dans la serrure. Bruits familiers, rassurants. J'ai jeté un œil sur l'heure, Nancy n'avait pas traîné en route. Sans bouger, j'ai demandé :

— Alors, grande, bonne journée ?

Elle a laissé tomber son cartable par terre et son manteau sur le canapé. S'est affalée dans le fauteuil rouge, derrière moi, à la place du psy, a allumé la télé et soupiré :

— Comme j'aimerais avoir d'autres parents.

— C'est gentil de ta part, ça. Qu'est-ce qu'on t'a fait, récemment ?

— J'ai pas de chance. C'est pas juste.

Ton monocorde, elle a recommencé de soupirer. J'ai attendu en espérant qu'elle pense à quelque chose, toute seule. Puis je me suis à moitié démonté la nuque en me retournant pour voir sa tête. Sombre. Elle était définitivement sombre. Aucune chance que ça lui passe tout seul.

Elle m'a jeté un coup d'œil, a froncé les sourcils :
— T'as piqué de l'herbe à maman.
— Un : j'ai rien piqué. Deux : ta mère a pas d'herbe. Trois : t'en as pas marre de faire la gueule ?

Nancy a déclaré en se levant :
— C'est clair que t'as fumé. Au collège, quand ils fument, ils ont les yeux pareils que toi.

Je me suis obstiné dans le ton badin, des fois que ça l'influence :
— T'en as pas marre d'être insolente ?

Mais ça n'a pas marché, elle a grincé entre ses dents :
— Arrêtez de me prendre pour une putain de gamine et de faire des conneries dans mon dos, vous me faites chier.

Elle était rentrée dans l'adolescence, de façon fracassante, pendant l'été. C'était arrivé en un soir, elle en avait marre, on était tous des cons, ça ne pouvait plus durer. Ça ne tombait pas bien : sa mère s'était fait tej par son pote, elle avait entamé une dépression. C'est pourquoi je venais plus souvent qu'avant la garder, les soirs. Le couple mère au bord du suicide – fille au bord de la crise de nerfs pouvait faire usage d'un peu de ma crétinerie.

J'ai rejoint Nancy à la cuisine. En un temps record, elle avait sorti et entassé mousses au chocolat, tablettes de Galak, gaufrettes à la framboise, petits pavés aux noisettes et un paquet de Bounty. Je ne comprenais pas bien la politique d'Alice sur le sujet de la nourriture : pourquoi y avait tout ça alors que la gosse mangeait trop ? J'évitais de prendre la tête à Alice sur ce thème, comme sur tous les thèmes, tellement c'était pas la saison pour l'emmerder.

La mère avait changé de visage, pendant l'été, avait pris facilement dix ans. Un affaissement, comme si le temps s'était visiblement couché sur elle. Au début, en apprenant par Nancy que son petit ami s'était fait la malle avec une gamine du bureau, ça m'avait plutôt fait goleri. Mais, en voyant l'effet que ça avait eu sur Alice, j'avais arrêté de rire. J'avais toujours de l'affection pour les gens qui n'allaient pas bien. Ça les ramenait à mon niveau. Mais je tapais tellement sur les nerfs d'Alice que c'était limite héroïque de vouloir être cool avec elle. Sandra prétendait qu'elle n'était pas aussi pénible que je le disais, que c'était moi qui avais un problème avec « la mère ». Soi-disant que comme ma mère m'aimait pas, je reportais sur celle de Nancy toute mon hostilité. Quand Sandra m'expliquait ce genre de chose, je restais immobile, inquiet et embêté pour elle. Charabia mystico-psy ou pas, j'en prenais plein ma gueule chaque fois que je disais quelque chose de gentil, et que ça soye mon problème ou le sien, on restait gentiment distants, Alice et moi. À mon sens, notre vrai problème, c'était qu'on ne se serait jamais adressé la parole si on n'y avait pas été obligés par les circonstances.

Nancy avait son air renfrogné de quand quelque chose l'énervait à fond. Elle se goinfrait, front plissé, avec acharnement. Je suis passé derrière elle et j'ai posé une main sur sa nuque, m'attendant à ce qu'elle me jette : elle n'arrêtait pas de jeter tout le monde. Mais elle ne m'a pas repoussé, elle m'a laissé m'asseoir à côté d'elle et l'attirer contre moi. J'en ai déduit que c'était une peine sérieuse. Elle a noué ses bras autour de mon cou, s'est installée et a pleuré. Ça m'a déconcerté : je ne l'avais jamais vue pleurer. Avant de demander quoi que ce soit, j'ai essayé de l'entourer complètement, j'ai caressé ses cheveux en répétant :

— C'est bien que tu pleures, laisse tout sortir, c'est bien...

J'ai remarqué qu'elle était en train de baver du chocolat sur mon pull beige. Comme je suis d'un naturel crétin, ça m'a fait rigoler.

Elle a desserré son étreinte, s'est redressée, a rangé une mèche de cheveux derrière son oreille. J'ai déclaré :

— T'es jolie, comme ça, avec tes yeux brillants. T'es belle, ma grande, j'espère que tu le sais.

Elle n'a pu s'empêcher de vérifier de quoi elle avait l'air en se penchant vite fait pour se regarder dans la vitre du four.

Je me suis levé, j'ai pris du sopalin pour qu'elle s'essuie les yeux. Elle s'était ressaisie, était plutôt en colère que triste. J'ai rangé les paquets de gâteaux qu'elle avait déballés, avec une dextérité qui me surprenait moi-même.

— Prends une pomme pour goûter, on va pas manger tard.

Elle m'a fusillé du regard, j'ai rigolé :

— Vas-y, c'est pas moi qui chiale à chaque fois qu'il faut acheter un beinard... Moi, je te trouve parfaite comme t'es, tu sais.

Je la couvrais de compliments, tout le temps. C'était Sandra qui m'avait expliqué qu'elle en avait besoin, à l'âge qu'elle avait. Des compliments, tout le temps, pareil qu'une fleur veut de l'eau, elle, il fallait qu'on la rassure.

Nancy a reniflé méchamment, a pris une pomme comme s'il s'agissait d'une grenade à dégoupiller et a croqué dedans... Je l'ai attrapée par la main et assise à côté de moi :

— Dis-moi, qu'est-ce qui t'arrive ?

Ses yeux se sont brouillés, aussitôt, j'ai frotté son dos et me suis inquiété, toujours prêt à culpabiliser :

— T'as vraiment cru que j'avais fumé et ça t'a fait de la peine ?

Elle a rétorqué, obstinée, mais zéro déstabilisée :

— T'es shooté, t'es shooté. Je vais pas chialer pour ça.

— Même si c'était le cas, on dit pas « shooté » pour quelqu'un qui a fumé.

— À ton époque, je sais pas... Mais maintenant, si, ça se dit.

Ça m'a fait glousser un moment, comme à chaque fois qu'elle me parlait comme moi je parlais à mes parents. Elle a essayé de continuer de faire la gueule, mais n'a pu s'empêcher de sourire, vaincue par tant de nigauderie. Elle est venue s'asseoir sur mes genoux, d'autorité. Elle était devenue vraiment grande pour ça, mais régulièrement, fallait qu'elle le fasse.

— Sérieux, c'est pas juste que vous soyez mes parents.

— Et ça t'est venu comment, ce concept ?

— Les parents d'Odile sont venus la chercher à la sortie du collège. Et, comme c'était le chemin, ils m'ont laissée ici, et…

Elle s'est mordu la lèvre pour s'empêcher de recommencer sa chiale.

— Fais gaffe, t'as des petites bulles qui te sortent du nez. Et alors, les parents d'Odile ? Ils sont trop cools, et tout ce qu'ils veulent, c'est qu'elle sorte en boîte tous les soirs et qu'elle ramène des mecs chez elle et ils lui paient un tas de drogues dures et ils militent contre les maths à l'école ?

Elle se balançait légèrement d'avant en arrière, imitant avec une belle précision comment elle se tiendrait si elle était complètement folle, en faisant « non » de la tête, silencieuse. J'ai continué sur ma lancée, inspiré :

— Et quand un prof ose la critiquer, les parents d'Odile débarquent à l'école et l'attaquent à la barre à mine, et quand ils partent en vacances, c'est toujours avec Lil Bow Wow…

Je profitais lâchement qu'elle ait que treize ans pour faire de l'humour merdique, je m'en rendais bien compte. J'aurais pu tenir la soirée sur le thème « les parents d'Odile sont des Oï » mais Nancy m'a interrompu, d'une toute petite voix calme et nette, regardant droit devant elle :

— Elle va avoir une petite sœur. Ils ont tous l'air vachement contents. Ils s'aiment, ça se voit. C'est une famille normale. C'est pas juste que moi j'aie pas ce qu'elle a.

Je ne m'y attendais pas. Je m'étais imaginé qu'elle faisait son cinéma parce qu'elle avait eu deux en quelque chose. Ou qu'un garçon n'avait pas voulu lui prêter sa veste, ou je ne sais quoi… Ce qu'elle a dit m'est tombé pile dans la faille comme une lance droite et froide qui m'aurait cloué au sol. J'ai frotté son dos, je trouvais rien à lui dire :

— Je suis désolé, Nancy, désolé…
— Quoi, t'es désolé ?

Elle s'est levée, enragée. Elle était une vraie petite adulte. La personne outrée qui me faisait face, elle serait comme ça toute sa vie. Elle a levé les yeux au ciel :

— Désolé ? Tu peux ! Ma mère traîne une gueule pas possible parce qu'à bientôt quarante ans elle a jamais connu d'histoire sérieuse. Elle se fait des marques aux poignets, au couteau, le soir, comme si c'était de son âge. Tu le savais, ça ? Maintenant, son nouveau truc, c'est s'enfiler une bouteille de whisky et moi pendant la nuit je me relève et faut que je l'aide à dégueuler et elle chiale comme une merde et t'as vu de quoi elle a l'air ? De rien, de que dalle… j'ai une mère merdique et paumée, ça serait drôle que dans un sit-com. Et toi, je te trouve vraiment gentil, tu sais, mais t'as même pas de maison, et t'as même pas de travail, ni de copine… ton livre, tu l'écriras jamais, parce que t'es qu'un foutu raté et faut vraiment avoir dix ans pour te trouver drôle et classieux. Qu'est-ce que je peux devenir entre vous ? Hein ? une putain de ratée, moi aussi. C'est pas juste.

Elle a claqué la porte et elle est allée s'enfermer dans sa chambre.

Je suis resté cramponné à la table. J'avais envie de la rejoindre et de lui foutre une putain de raclée. J'avais envie de la rejoindre et de la cogner de toutes mes forces. Mais je me rendais bien compte que ça ne ferait pas avancer grand-chose. Qu'elle avait raison. Que ça se compliquait. Et, comme à chaque fois que ça se compliquait, j'avais qu'une envie : tout faire foirer au plus vite et pouvoir me casser ailleurs.

Je l'entendais pleurer sur son lit. Je ne savais plus au juste si je lui en voulais, si je la méprisais, si je compatissais, ou bien si je n'en avais rien à foutre...

J'ai commencé de vider le lave-vaisselle.

*

Sandra était définitive :
— Faut que tu la rassures. C'est comme si elle passait d'une rive à l'autre sur le fil d'un rasoir. Toi, faut que tu la rassures, c'est tout ce que tu peux faire pour elle. T'as bien réagi. Au pire, tu fermes ta gueule, tu te calmes, et après tu l'embrasses. Tu l'as embrassée, finalement ?

Elle classait des papiers, clope coincée entre les lèvres, yeux plissés, elle faisait une pile sur une chaise, une autre sur le bureau, et une dernière, au sol, de documents qu'elle déchirait en deux pour ensuite aller les jeter.

— Au bout d'un moment, ouais, elle m'a fait pitié, je suis allé la consoler.

— Et après ?

— On a regardé *Buffy*, on a écouté System of a Dawn. Alice est rentrée, faudrait que tu voies la transformation... putain, je savais pas qu'elle y tenait à ce point, à ce bonhomme. C'est plus la même femme. Le seul truc positif, c'est qu'elle me fait tellement de la peine, je pense plus du tout à l'enculer.

— Bon, ben, t'as assuré. T'inquiète, c'est qu'une saison merdique. Tout ça va passer. C'est normal, que Nancy fasse des crises, c'est des histoires d'hormones. Et puis, elle a de bonnes raisons d'être en colère.

— T'as vu, ils repassent *The Killer* sur le câble, ce soir. Ça te dit on se fait des pâtes et on regarde ça ?

Elle a déchiré trois feuilles d'un geste sec, a avalé sa salive et évité mon regard :

— Ce soir, je vais pas être là.

— Tu vas encore voir machin, là ?

— Encore. Ça se passe pas mal, on rigole bien.

— Je croyais que c'était vraiment trop un con.

— Finalement, non. Il me change des mecs avec qui je vais d'habitude. Vu comment je me suis toujours plantée, j'ai pensé que ça serait pas inutile d'essayer de changer.

Je l'ai pris un peu personnellement, comme si elle m'en voulait qu'on n'ait jamais baisé. Les filles, soit on veut et elles sont pas contentes qu'on pense qu'à ça. Soit on n'y pense pas, et elles sont pas contentes.

Elle voyait le gars tatoué tout chiant avec qui elle discutait chaque fois qu'elle sortait. Le premier soir, je l'avais super bien pris qu'elle ne rentre pas. Libéral, tolérant, bien dans mes pompes et capable de prendre sur moi, de ne pas me laisser aller à être bêtement jaloux...

Le deuxième soir, je n'avais pas bien compris qu'elle y retourne. Je ne connaissais pas le gars, mais tout ce qu'elle m'en disait puait le pauvre type, assez drôle, très punk rock, mais pauvre type quand même. Pas gentil avec elle, ne la traitant pas comme il aurait dû. Ne la traitant pas comme moi j'aurais su le faire si j'avais été à sa place, mais c'est vrai que j'avais toujours refusé d'y être. Voilà qu'encore une fois, je ne pouvais m'en prendre qu'à moi-même. Décidément, tout ça me fatiguait.

Le troisième soir, j'avais dû admettre que je n'aimais pas être tout seul. Et que j'avais méchamment les boules. Et que j'étais jaloux. Et que je souhaitais qu'il crève, atroces souffrances. Qu'on se retrouve peinards, tous les deux.

Mais je ne pouvais pas trop ouvrir ma grande gueule pour me plaindre de quoi que ce soit.

*

Il y a des semaines, comme ça, qui sont chargées... Le lendemain, je suis descendu à Saint-Germain pour rendre une traduction. Je ne pouvais pas la leur envoyer par mail. Ni même sous forme de disquettes.

C'était des gens de l'édition, mais ils n'étaient pas encore très au point concernant Internet, ni concernant les imprimantes. Des photocopies, c'était l'extrême limite de leur compétence technique.

Je suis ressorti du bureau, j'ai traîné dans une librairie, envisagé de voler la bio d'Ed. Bunker, je me suis promené avec dans le magasin un long moment. Puis j'ai renoncé, je suis parti.

Et j'ai croisé Catherine. Elle s'était transformée en une autre femme lui ressemblant remarquablement. Elle avait coupé ses cheveux très court, la symbolique du truc m'a exaspéré « libérée du grand méchant homme, je suis enfin émancipée », mais je n'en ai rien laissé paraître. Ça lui allait pas mal, faisait ressortir ses yeux, et la rajeunissait. Elle avait beaucoup maigri. Comme elle avait des petits seins, ça la rendait complètement plate, et sans forme au bassin, non plus. Un corps de jeune mec. Je la trouvais mieux, avant, mais là encore, j'ai gardé ma grande gueule fermée.

C'était très étrange, de la revoir. Longtemps que je ne pensais plus à elle, mais qu'elle soit en face de moi m'a fait un drôle d'effet. On était en même temps gênés comme des étrangers, en même temps toujours très intimes.

Elle n'a pas souri en me voyant, mais elle a foncé droit sur moi comme un missile sur sa cible. Comme si c'était important pour elle de m'affronter. Elle n'était pas souriante, elle n'était pas émue, elle était obstinée : il fallait qu'elle me montre à quel point elle me méprisait.

Je lui ai proposé d'aller boire un café, en espérant qu'elle refuse, tellement l'ambiance entre nous ne portait pas à la gaieté, mais elle a dit d'accord, sur un ton excédé.

— Alors, quoi de neuf ?

Son petit menton relevé, plein de défi. J'étais surpris de l'intensité avec laquelle elle me détestait. J'ai essayé de blaguer :

— Waow, tu m'aimes encore ?

— Puisque tu ne me poses pas la question, je vais te dire ce que moi j'ai de neuf : je suis passée chef du rayon DVD, chez Virgin, ça se passe très bien avec Martin, et j'attends un enfant.

Je ne me rappelais plus que son copain s'appelait Martin, comme Alice. J'ai trouvé ça amusant. J'ai dit :

— Félicitations. Sincèrement, me regarde pas comme si t'allais me cracher dessus, Catherine. J'ai pas assuré avec toi, tu m'as viré, j'ai putain de morflé, après... tu vas pas m'en vouloir toute ta vie de ce que je suis devenu claustro pendant que j'étais avec toi, si ?

— Tu m'as l'air vachement claustro, là...

— J'ai pas eu à fond le choix. Pis j'ai changé, aussi. Tu sais ce qui m'est arrivé ?

Elle a fait signe que non, en plissant les yeux, de dédain. J'avais rarement vu quelqu'un me détester à ce point. J'ai espéré que mon anecdote la détendrait :

— Tu te souviens, la carte de visite que t'avais trouvée dans mon imper ?

— Si je me souviens ?

Outrée, comme si c'était la veille. Cette meuf était vraiment dingue de moi, à un point qui m'avait échappé.

— Cette fille, ça faisait treize ans que je l'avais pas vue. Elle voulait absolument me parler, c'est pour ça que j'étais descendu. Je te demande pas si tu te souviens que j'étais descendu… Et donc, elle m'a appris que j'avais une fille, avec elle.

Catherine a cessé de me détester de tout son corps, cinq minutes, mobilisant un peu de son énergie pour comprendre ce que je lui racontais :

— Une fille ?

— Nancy, elle s'appelle. Elle a treize ans. Voilà, moi aussi, je suis devenu papa ! Et je vais te dire un truc : t'as bien de la chance d'attendre un gnard parce que c'est vraiment rigolo, en fait. Enfin, là, en ce moment, Nancy, elle est pas super rigolote… Je sais pas comment ça t'a fait, à toi, il paraît que c'est fréquent, que les filles soient pénibles à cet âge-là…

Catherine avait ouvert de grands yeux, incrédule :

— C'est encore une de tes histoires abracadabrantesques ?

— Non. Je suis content que t'emploies les mots du président. Mais c'est la vérité. À part ça, t'inquiète pas, je suis toujours un zonard. Enfin, je retravaille, un peu… mais rien de bien performant. Et il me faut toujours une semaine pour décider de prendre le métro, je mange tous les antidépresseurs qui existent, et ça me fait des effets bizarres…

— Pourquoi tu me l'as pas dit ?

Elle était beaucoup plus choquée que le jour où moi je l'avais appris. J'ai haussé les épaules :

— J'en sais rien... J'ai pas à fond eu l'occasion de t'en parler, en fait. Le soir même, j'ai dormi. Et le lendemain, je pouvais plus en placer une tellement tu m'en voulais, alors bon...

Elle est devenue très pâle. J'ai commencé à comprendre que je venais de faire une grosse connerie. Elle a éclaté en sanglots :

— Pourquoi tu me l'as pas dit, putain ? Je t'aurais pas quitté... Je croyais... je croyais... je t'aurais pas quitté si tu me l'avais dit.

Elle a répété ça une bonne douzaine de fois. J'ai voulu la consoler :

— Le prends pas comme ça, regarde : tout a bien fini. Moi, ça m'a mis un coup de pied au cul, toi, t'as trouvé un bonhomme qui assure... Maintenant t'attends ton gamin, c'est cool... enfin, c'est un peu triste, d'accord, mais y a pas de quoi te mettre dans cet état.

Je savais que les bonnes femmes sont bizarres, quand elles font un bébé, alors je ne m'en faisais pas plus que ça, jusqu'à ce qu'elle hurle dans tout le bistrot :

— Mais je l'aime pas, putain de merde, si tu m'avais dit, je serais restée avec toi, c'est avec toi que je voulais un môme !

Elle braillait avec véhémence, je ne savais plus au juste où me mettre. J'ai repéré qu'un des garçons se fendait la gueule derrière son bar. Je me sentais très découragé.

*

— Ça ne te surprend pas plus que ça ?
— Je la trouve conne, c'est tout. C'est quoi ce bordel, elle te quitte, jamais elle te rappelle, elle se fait engrosser et quand tu la recroises, elle chiale qu'elle aurait jamais dû te quitter ? Mais c'est n'importe quoi, cette meuf...

Sandra s'activait dans tout l'appartement, elle avait décidé de lessiver les rideaux. Elle passait de fenêtre en fenêtre, son tabouret à la main, grimpait dessus vaillamment et décrochait le machin. Moi, je la suivais, pas à pas, je me tenais derrière elle, prêt à la retenir en cas de chute. Elle était remontée contre cette pauvre Catherine :

— En plus, si je peux me permettre d'être franche, c'est vraiment une pauvre conne, parce que tu l'as traitée comme une merde, t'as jamais été cool avec elle, tu lui as fait aucun bien... C'est quoi, ces conneries de pute maso débile ? Je la comprends pas...

En ce qui me concernait, j'étais ravi du tour que prenaient les choses. Ça faisait des semaines qu'une de mes histoires n'avait pas passionné Sandra à ce point. Et j'aimais bien considérer que son énervement trahissait sa peur de me voir retourner chez Catherine, c'est-à-dire de me perdre.

Depuis que Sandra voyait son imbécile de chômeur surtatoué, j'avais bien réfléchi : il fallait qu'on se mette ensemble. Je ne faisais rien pour que ça se concrétise, comme lui faire part de mes réflexions. Mais, en mon for intérieur, je l'avais formulé clairement, ça me semblait un pas en avant. Elle a entassé son paquet de rideaux dans la machine, s'est tournée vers moi :

— Tu l'aimes toujours ?

Si ça lui faisait du souci, elle le cachait magnifiquement. J'ai répondu :

— Non. J'étais désolé, au bar, mais j'étais pas... pas bouleversé. Ça va, j'ai donné, les histoires bizarres de gamin. Y a pas moyen que je me mette avec une fille enceinte d'un autre et tout le bazar... même si je l'adorais, y aurait moyen de rien du tout. Non, non, le prochain, je le fais normalement, avec une fille qui me tient au courant, je veux le voir sortir et je vais te dire, je serai drôlement content de pouvoir me lever la nuit pour lui donner le biberon, celui-là.

Je faisais ma propre promotion auprès de Sandra, pour la suite. Elle n'a pas montré combien ça l'intéressait.

Elle s'est préparée pour sortir avec son minable à piercings. J'ai demandé, comme d'habitude :

— Il a un piercing au bout de la bite, ou bien ?

— Fous-moi la paix.

— Sinon, je vois vraiment pas ce que tu peux lui trouver.

— S'il en a un, tu comprendras mieux ?

— Arrête, je veux pas entendre parler de ça, je vais vomir.

Je me suis retrouvé tout seul, dégoûté.

*

J'ai roulé un pétard, il n'y avait rien à la télé, j'avais intérêt à beaucoup fumer pour m'intéresser à quelque chose. Comme tous les soirs, j'ai mis au point un programme très précis pour ma journée du lendemain. Établir des listes surchargées de choses à faire, de résolutions à tenir, de gens à appeler me rassérénait, même si, au final, je ne foutais jamais rien. Et, comme chaque soir, je me suis juré de commencer à écrire le lendemain. Un gros spliff dans la tête, les idées s'accumulaient et je prenais beaucoup de plaisir à imaginer dans le détail comment j'allais m'y mettre, le lendemain.

Gâchis. Je me sabordais, je ne voyais pas où j'essayais d'arriver.

J'ai été pris d'une crise de parano atroce, en pensant à ma mère. Il fallait que je lui amène Nancy, il fallait qu'elle la voie avant de mourir.

Ma mère m'avait eu à dix-huit ans, ce qui lui faisait pas encore cinquante. Je me rendais compte, rationnellement, qu'il n'était pas tout de suite question qu'elle nous quitte. Mais, ce soir-là, la trouille me grimpait aux boyaux, il fallait que j'arrête de gâcher.

C'était quand même plutôt de ma faute si ça avait foiré avec Cath, c'est vrai que j'aurais pu… savoir que je tenais à elle plus tôt. C'était quand même plutôt de ma faute si Sandra allait coucher ailleurs, j'aurais pu l'attraper. Et c'était quand même un peu de ma faute si Alice, à l'époque, n'avait pas cherché à m'écrire, m'appeler ou quoi que ce soit... j'avais soigneusement évité d'y penser, les mois derniers, mais je couchais avec toutes les filles, et je m'arrangeais pour qu'elle le sache. Et je m'arrangeais pour qu'elle ignore à quel point je la trouvais bandante, et marrante, et vraiment attachante, à l'époque. J'avais une toute petite responsabilité, dans son départ. Minime, dérisoire comparée au coup de pute qu'elle m'avait fait... Mais quand même... Cette putain de mouise que je me traînais, je ne connaissais rien d'autre que je sois sûr de pouvoir garder, elle me constituait, me définissait, et je refusais de l'abandonner. Mais elle finirait par me terrasser, m'écrabouiller et s'étendre à ma place. Seulement, je n'avais jamais appris à me méfier d'elle, à chercher à m'en éloigner.

Je m'empêtrais dans ces considérations pénibles, quand le téléphone a sonné, j'ai laissé le répondeur, c'était rarement pour moi. C'était Alice, de sa voix la plus glauque, empâtée de cachets mélangés à l'alcool. J'ai décroché, elle a chialé tout de suite, c'était définitivement ma semaine :

— Nancy est chez toi ?

— De quoi tu me parles, Alice ?

— Ça va plus du tout, je viens d'avoir l'école, Nancy est virée. Elle a vendu du cannabis à l'école.

— Pleure pas comme ça, c'est pas non plus... enfin, c'est chiant, mais y a pas de quoi... Putain, Alice, il est presque onze heures du soir, pourquoi tu m'appelles seulement maintenant ?

Elle m'énervait de me téléphoner si tard parce que j'avais beaucoup trop fumé pour bien comprendre ce qu'elle disait.

— Je ne voulais pas que tu te fasses du souci pour rien. On s'est disputées, elle et moi. Elle est partie. J'en peux plus, Bruno.

— Partie ?

— J'ai pris des calmants et je me suis couchée tôt. Quelque chose m'a réveillée, je suis allée voir dans sa chambre et elle n'y était plus.

— T'es allée chez la police ?

— J'en reviens, Bruno, mais j'en peux plus...

J'ai eu peur de savoir où elle voulait en venir, mais je ne voyais pas comment esquiver, alors j'ai proposé :

— Tu veux que je vienne ?

— J'aimerais bien.

— Je trouve un taxi, j'arrive.

*

L'expression « trouver un taxi » prenait tout son sens quand on partait de Barbès. Et encore, j'étais blanc... J'ai marché jusqu'à la mairie du dix-huitième, fouillant la circulation des yeux, fiévreux, j'ai traversé une rue pour me jeter sur le traditionnel chauffeur « qui a bientôt fini son service et ne va pas dans cette direction ». Une fois à la station, je n'ai pas attendu longtemps. J'ai reconnu aussitôt la chauffeuse de taxi, celle qui nous avait pris, moi et

Sandra, le jour où j'avais emménagé chez elle. Ça m'a foutu le blues, en même temps qu'amusé : il était rare de recroiser deux fois le même chauffeur.

— Porte Champerret.
— Vous avez un itinéraire préféré ?
— Prenez le périf. Si ça pouvait être au plus vite…

J'aurais pu m'abstenir de préciser ça, elle l'a pris vraiment au sérieux et j'ai dû m'accrocher à la poignée au-dessus de ma fenêtre, crispé, en me répétant que j'étais un bonhomme et que je n'allais quand même pas demander à une toute petite bonne femme de ralentir l'allure.

J'ai essayé d'appeler Sandra sur son portable, elle était sur messagerie, ça m'a serré la gorge. Comme une trahison, un abandon supplémentaire. J'ai laissé un message résumant la situation. Je savais qu'elle et Nancy échangeaient des mails, de temps à autre, peut-être saurait-elle quelque chose.

La chauffeuse a légèrement tourné la tête vers moi, en même temps qu'elle accélérait, j'ai serré mon poing sur la poignée, tristement conscient de l'inutilité du geste.

— Vous avez une petite qui a fait une fugue ? Elle a quel âge ?

Décidément, la petite l'intéressait. J'aurais préféré un chauffeur taciturne, parisien, faisant abstraction de son humanité. Mais j'ai dû répondre, tout en ayant le droit d'être glacial :

— Treize. Elle s'est engueulée avec sa mère ce soir, et elle est partie. Je n'en sais guère plus pour le moment.

— Vous êtes séparés ?
— On n'a jamais été ensemble... enfin, sauf le temps de la faire, mais ça, c'est rapide.

Elle a eu un rire qui n'était ni féminin, ni viril, plutôt du genre elfique. Elle a commenté :

— C'est pas facile, comme âge, treize ans, pour une gosse.

— Je me doute, je me doute...

On s'est fait dépasser par une voiture de sport avec quatre jeunes hilares à l'intérieur, musique à fond, ils devaient faire du 400 à l'heure et filaient sur le périf comme s'ils glissaient sur un circuit.

Par la vitre, les logos allumés parsemaient le parcours, d'une façon aussi arrogante qu'idiote. J'ai repensé à Fitzgerald, « nos parents nous ont laissé un monde défiguré ».

J'étais furieux contre Nancy, qu'elle ne pense qu'à elle, qu'elle fasse des caprices, qu'elle fasse chier et puis pleurer sa mère. Je n'étais pas encore inquiet, j'étais trop en colère contre elle.

Maintenant que la chauffeuse avait compris que je n'étais pas d'humeur loquace et qu'elle me foutait la paix, j'avais envie qu'elle me cause. J'ai questionné :

— J'ai déjà pris votre taxi, et je vous ai déjà entendue dire que treize ans était pas un âge facile... C'est marrant, c'est récurrent, chez vous ?

Elle m'a tendu le pétard, un tout petit stick très discret, j'ai tiré dessus en l'écoutant :

— Moi, à treize ans, mes parents avaient décidé de me mater. On était déjà ici, en France, et, comme ils essayaient vachement de s'intégrer, ils m'ont mise en HP. Pour me réparer la tête. Ils étaient assez évolués pour penser à la psychiatrie, mais ils y connaissaient rien. Je crois bien qu'ils s'attendaient à ce qu'on m'ouvre le cerveau et qu'on me recolle deux trois neurones. Comme une voiture. Mais ça a pas marché. C'est de la préhistoire, leur truc de psychiatrie, en Europe. Ils se la racontent avec des livres, mais ils sont pareils qu'à l'époque où les dentistes arrachaient les dents à la tenaille... Sauf que le cerveau, c'est pas des dents, faut pas arracher tout et n'importe quoi, surtout pas à la tenaille... Au moins, ce que ça m'a apporté de bien, c'est que j'ai vu plein de gamins de mon âge. Ça m'a donné à réfléchir...

Elle était bavarde, elle avait ce truc phraseur de certains immigrés doués, le goût du bien-parler, de démontrer avec emphase... Que sa consommation de shit ne devait pas arranger. Elle a continué :

— C'est des petits mécanismes fragiles, les cerveaux, à cet âge-là. C'est pas fini. On sent rien. On sent pas la douleur, on sent pas les dégâts. On peut se faire bombarder l'intérieur, on a l'impression que tout va bien. On se sent tellement plein de force, à cet âge-là... Et en même temps on comprend que dalle. Suffit d'un con qui passe qui nous dit une connerie et on l'intègre pour des années.

J'étais surpris par la tournure qu'avait prise son discours. Et attristé, la colère se retirant laissait place à la peine, l'inquiétude et le désarroi. Au moins, j'étais en terrain familier.

On approchait de la Porte Champerret, j'ai demandé :

— À votre avis, comment il faut qu'on s'y prenne, nous, les grands ?

— Faut pas trop s'en faire... En tout cas, j'ai jamais vu un gamin qui devenait terrible qu'on puisse calmer par discipline. C'est partie remise, en général, tout ce qui est refoulé par la force finira bien par émerger.

— Vous m'arrêterez au feu ?

Elle s'est arrêtée, s'est retournée et m'a bien regardé.

— Les adolescents, à mon avis, c'est comme la plupart des adultes, plus tard : ils savent pas demander ce qu'il leur faut, ils savent pas reconnaître instinctivement ce qui est bon pour eux. Et ce qui est bon pour eux, c'est pareil que les adultes, plus tard : faut leur répéter tous les jours qu'on tient à eux, qu'on a confiance.

— Difficile d'avoir confiance en une branleuse qui fugue dès qu'on lui dit un mot de travers.

— Vous savez aussi bien que moi que c'est pas comme ça que ça se goupille. C'est elle qui est dehors dans la nuit, même si c'est vous et votre dame qui flippez, c'est elle qui va dehors se mettre en danger. C'est elle qui risque tout. Alors, c'est elle qui a besoin d'être rassurée, et rassurée, et encore rassurée. Jusqu'à ce que ça lui rentre dans le crâne qu'elle avait tort de paniquer. Sinon, vous lui donnerez raison. Si vous la livrez aux autorités, quelles qu'elles soient, vous lui montrerez juste qu'elle a bien raison de se méfier. Ou bien vous la péterez en deux.

Plus loin, une horde de putes hurlaient. Certaines en drôle de langue gutturale, qui devait être une langue de l'Est, les autres en wolof. Elles ne se comprenaient pas précisément, mais elles hurlaient toutes les unes sur les autres, avec conviction. C'était bizarre à regarder, ces petites bonnes femmes en mini-jupe, très bien coiffées, très délicates, s'époumonant comme des sauvages. Sans se frapper, elles se hurlaient dessus.

Une voiture de Police s'est arrêtée à leur niveau, trois flics sont descendus, deux mâles blancs et une femme noire. Elle a foncé dans le tas, s'est mise au milieu, bras écartés, elle hurlait plus fort que tout le monde, avec un pur accent martiniquais :

— Écoutez, mesdemoiselles, maintenant ça suffit, vous embêtez tout le monde ! Il faut arrêter votre cirque, hein, on n'en peut plus ! Alors, c'est simple : les Africaines, vous allez Porte Maillot et les filles de l'Est, Porte Champerret.

Elles ont toutes marqué un temps d'arrêt, secoué la tête. Puis se sont dispersées, les Blanches se dirigeant d'un côté, les Noires de l'autre. La femme flic a hurlé :

— Et on ne veut plus vous entendre !

J'ai payé la dame du taxi et je suis monté chez Alice.

*

« Je ne suis pas du poisson pourri. »

C'était le mot que Nancy avait laissé sur son lit. D'une écriture encore trop ronde, à l'encre bleue.

Alice avait atteint un stade de zombification assez intéressant. Elle me suivait, bras ballants, voix d'outre-tombe, racontant inlassablement la même histoire :

— Elle est rentrée en me disant qu'elle avait eu 14 en grammaire. Elle était très contente, très gaie. Puis le collège m'a appelée, pour me convoquer demain matin. Ça fait des semaines qu'elle signe elle-même tous les mots du carnet de correspondance. Elle répond en classe, elle a de mauvais résultats en tout, et dernièrement, la meilleure... elle est venue au lycée avec de la marijuana, pour en revendre à une autre petite fille... Mais qu'est-ce qu'on va en faire ? Qu'est-ce qu'on va en faire ?

— Aucune idée d'où elle est allée ?

Alice reniflait, faisant signe de la tête que non. Elle me rappelait ma mère, me faisait penser aux nuits qu'elle avait dû passer, seule, quand je fuguais. Combien ma rancœur et mon indifférence m'apparaissaient vitales, un droit inaliénable.

On avait basculé dans l'insoluble. Je me suis assis sur le lit de Nancy, téléphone Mickey pas branché, vieux poster des Spice Girls, un coffret de *Buffy*, des vidéos de *Star Wars* et de Madonna, livres de Sabrina, Harry Potter et des contes et légendes, une petite pochette transparente avec des nuages dessus, pleine de maquillage, dans un cadre photo recouvert de dauphins, une photo de sa mère et une autre, collée contre, de moi, un cheval de Barbie, une paire de gants, une paire de Nike, un parfum « Lolita », un très vieux Babar en peluche, sur une pile de cd, le Blink 182 ouvert... La petite fille qui habitait là était toute seule dehors cette nuit.

Je luttais pour ne rien imaginer de tout ce qui pouvait arriver à une gosse dans Paris. Mais ça me traversait le crâne, quand même. Des vieux messieurs à l'air aimable, d'autres désaxés et charmeurs, des jeunes cons en bande, des escogriffes rôdant pour recruter.

J'étais triste qu'elle ne m'ait pas appelé. Que le lien entre nous ne soit pas assez fort pour qu'elle m'appelle dès que ça déconnait.

Et je sentais ma vie m'échapper. Je pensais vraiment fort à ma mère. Quand les enfants prennent toute la place, toute l'énergie, et toute la tête. Et qu'on reste là, impuissants, assis dans leur chambre, à attendre. Ne pouvant rien faire d'autre qu'espérer qu'il ne leur arrivera rien.

*

— Je me souviens de moi, telle que j'étais quand on s'est connus... j'attendais tellement autre chose de la vie. Mais la fête a tourné vinaigre, fissa. C'est vrai que la naissance de Nancy a donné le ton pour toute la suite... J'allais tout faire de travers, systématiquement. Comme la pauvre Bovary de base, toute ma vie, j'ai fait que déchanter, attendre des trucs qui venaient jamais, m'imaginer des choses... Pas brillant, dans l'ensemble, pas brillant... J'ai jamais voulu lui faire de mal, tu sais. J'ai toujours fait comme je croyais que c'était le mieux.

Alice s'était allongée sur le canapé. J'avais trouvé « What's going on » de Marvin Gaye dans sa discographie, et je l'écoutais plus que je ne l'écoutais, elle.

Je n'appréciais pas qu'elle se débraille et me balance toutes ses salades. J'avais l'impression d'abuser d'elle, de profiter qu'elle était mal en point pour en savoir trop long sur elle, plus que ce qu'elle désirait dévoiler. J'étais marqué, une fois pour toutes, par cette histoire d'adolescence : cette fille qui m'avait dit je t'aime en juin et caché la gosse dès juillet. Elle ne m'avait jamais rappelé, ensuite, elle n'avait pas flanché. Je savais que ces dames-là referment leur porte sur les vagabonds dans mon genre, une fois l'accès de déprime passé. Et je savais qu'elle m'en tiendrait rigueur, plus tard, qu'elle m'en voudrait de s'être confiée.

Elle a esquissé un sourire triste, elle ressemblait à l'idée que je me faisais d'une tuberculeuse, faible, diaphane, d'une fragilité émouvante.

— Si tu savais le nombre de fois que je me suis demandé si je devais t'appeler... mais t'étais jamais dans l'annuaire, ça réglait la question. Je t'aimais bien, tu sais... Je lui ai dit plein de fois, quand elle était petite, je lui ai dit plein de fois que j'aimais vraiment son père... Maintenant qu'elle est grande, elle me le lance dans la gueule à peu près tous les jours, que je lui ai menti, que je suis qu'une conne de ne pas t'avoir prévenu plus tôt... et je pense qu'elle a raison. Mais il fallait que je choisisse, entre le soutien de mes parents et le tien, et j'ai fait le choix que je croyais le plus raisonnable.

Alice disait des phrases jusqu'à tomber sur celle qui la faisait pleurer, alors elle plissait son visage, laissait monter et les larmes coulaient.

Mon portable a sonné, on a sursauté tous les deux. Je ne trouvais plus ma veste, le temps que j'arrive et c'était déjà sur ma messagerie.

J'ai attendu, je voulais vraiment que ça soit Nancy, la connasse à voix de robot m'a fait lambiner « votre messagerie ne peut contenir que. QUATRE. Messages. Supplémentaires », puis c'était la voix de Sandra.

Je l'ai rappelée, elle demandait :

— T'es où, là ?

Sa voix tremblait un peu, mais ça lui faisait pareil que moi : la sensation de bordel, de danger imminent, déclenchait tout un plan Orsec. En même temps qu'ébranlée, elle faisait preuve d'un grand sang-froid. J'ai vraiment senti qu'elle flippait, et ça m'a soutenu. Elle a pris les choses en main :

— Je vais rentrer tout de suite à Barbès, on ne sait jamais, des fois qu'elle vienne te voir.

— J'ose pas trop laisser Alice seule.

Dès que cette dernière avait compris que ça n'était pas Nancy, elle s'était remise dans son sofa, dans sa pose de grande déprimée. Je lui en voulais, confusément, d'être un poids supplémentaire à ce moment-là. Et de ne parler que d'elle-même, encore et encore. Je lui en voulais de me rendre responsable d'elle alors que j'aurais voulu sauter dans un taxi et faire le tour de la ville. Mais Alice était intransportable, trop défoncée, et trop à vif. Elle se débrouillait pour que ça soit encore d'elle qu'on s'occupe, elle était incapable de réagir autrement.

Sandra a essayé de me rassurer :

— Elle m'a souvent parlé d'un gamin, ça fait un moment qu'elle le voit.

— Ah bon ? Et pourquoi elle ne m'en a jamais rien dit, à moi ?

— Elle aime bien croire que t'es méga strict sur la question.

— T'aurais pu m'en parler.

— T'aurais fait chier, non ?

— Y aurait peut-être mieux valu.

— Il a l'air gentil avec elle. Il s'appelle Saïd… Saïd et Nancy, c'est marrant, non ?

— Je vais avoir un fou rire. Et il habite où ?

— Elle m'a pas dit. C'est un gosse qui traînait devant son lycée, c'est tout ce que j'en sais.

— Ah, tu veux dire que c'est un pur lascar ? Putain, comment tu me rassures toi…

— Oh, ça va, voler des rolex a jamais empêché personne d'être gentil. Et je crois qu'il est gentil… Enfin, c'est ce qu'elle m'en dit.

Aussitôt, ça m'est revenu, le nombre de fois que j'avais entendu, sans y faire attention, parler de tournante dans les cités.

Un monde défiguré à nos enfants.

Un monde où on ne leur apprend pas à se débrouiller, mais qui grouille de dangers. Un monde dont on ne leur parle jamais, où il n'est plus question de bien faire la différence entre des Pumas et des New Balances, où il n'est plus question de chocolat et d'Orangina, un monde auquel on ne les prépare pas, mais qui leur tend les bras, tout proche.

*

Le jour se levait, Alice était raide défoncée, avachie et les yeux cernés. Assis dans le fauteuil à côté d'elle, je buvais des cafés. Elle n'avait pas arrêté de parler, se confier d'une voix de folle, s'expliquer, se plaindre. Elle se grattait le cou, l'air absent :

— Bien sûr que j'ai regretté de l'avoir. Elle me le reproche tout le temps et moi je lui dis le contraire, mais bien sûr que c'est vrai, que j'ai regretté. J'étais pas faite pour ça. Avant même qu'elle arrive, j'ai compris que mes parents me tenaient une bonne fois pour toutes et que tout était foutu pour moi. Je l'aime vraiment, ceci dit. Sans elle, ça aurait été pire, elle est tout ce que j'ai... mais c'est vrai qu'elle m'a pourri la vie, j'ai pas pu travailler tranquille, je pouvais pas faire de bruit en baisant, je pouvais pas sortir le soir, je pouvais pas prévoir quand elle allait tomber malade et ça tombait forcément mal... Bien sûr que j'aime pas la voir grandir, ça me refout dans la gueule l'âge que j'ai et que tout est derrière moi et j'ai foiré tout le truc... Mais je veux qu'elle rentre, merde... Elle est tout ce que j'ai, tu comprends ? J'ai tout raté, à part elle, j'ai tout raté.

J'ai cru comprendre que c'était dit pour que je réponde « non, non, non », mais je n'avais plus la force. Je la trouvais d'une franchise odieuse, très catho : faute avouée est forcément presque pardonnée. Suffit de se flageller consciencieusement et bredouiller quelques regrets.

Mon portable a sonné, j'ai cru que c'était Sandra et je l'ai attrapé sans me presser mais c'était un numéro que je ne connaissais pas, qui commençait par « 02 ».

— Bonjour, vous êtes bien Bruno Martin ?

*

— Allô, Thierry ? C'est Bruno. Je te réveille ?
— Je travaille le soir, il est pas six heures du matin, c'est logique, oui, tu me réveilles.
— Excuse-moi, j'ai besoin d'une voiture, je connais que toi qui en aies une. Je viens d'avoir le commissariat d'Orléans, ma gamine est en garde à vue, il faudrait que j'aille la chercher.

Je bégayais à moitié, l'adrénaline s'était finalement répandue en moi, dans les doigts, dans la gorge, une boule dingue rebondissant de partout et me coupant le souffle. J'étais infiniment soulagé : Nancy était en vie, on savait où elle était, elle ne risquait pas de se sauver, on allait la retrouver. Et en même temps dingue d'impatience, d'y être, vérifier que les flics ne lui avaient rien fait de mal, lui parler, être avec elle...

Thierry s'est réveillé aussi sec, j'avais peur qu'il ne comprenne pas, qu'il se défile, qu'il argumente. Il était du même bois que Sandra : galvanisé par la déroute. Je l'ai entendu grommeler « ta gueule, s'il te plaît » à sa copine, puis il a fait son général :

— Je passe te prendre tout de suite. T'es où ?

— Si tu veux, Sandra peut conduire la caisse, on te la ramène vers midi.

— J'aimerais mieux t'emmener. J'ai pas peur pour la voiture, mais c'est normal que je t'accompagne.

J'ai senti de la joie se répandre en moi, à fond les manettes. Tout prenait trop d'intensité et explosait mes carapaces, j'étais à vif, frotté au monde, pour le meilleur et pour le pire. Toutes les voix rassurantes me sortaient du cauchemar d'Alice qui n'arrêtait plus de gémir et se tordre les mains en pestant, depuis qu'elle savait que Nancy était au poste à Orléans parce qu'elle s'était fait arrêter dans une voiture volée.

J'ai mis le truc au point :

— J'appelle Sandra, elle t'attend au métro Barbès dans dix minutes. OK ? Ensuite, vous m'appelez, je descends avec Alice.

— Alice vient aussi ?

— J'ai pas reconnu la petite, faut que la mère soit là pour qu'elle sorte.

J'ai ajouté plus bas :

— Mais je vais te dire, on s'en passerait bien.

Autoroute, petit jour, Thierry se rattrapait, pour toutes les fois où il n'avait pu être là, il conduisait comme un pilote. On se rappelait, une par une, toutes les gardes à vue qu'on avait faites ensemble.

Alice essayait de nous pourrir la vie :

— On dirait que t'es fier d'elle.

Sandra essayait de la calmer :

— Elle est saine et sauve, c'est ce qui compte, non... C'est pas très grave, à son âge, on se rend pas compte... Faut pas dramatiser.

Mais c'est vrai qu'on était fiers d'elle, qu'elle fasse son parcours de petite dure. Qu'elle aille apprendre, chez la police, à mentir, se défiler, toujours se méfier de l'autorité, mépriser en silence et fixer le sol en ravalant sa rage. Qu'elle sache qu'on peut être enfermé, écarté, injustement puni, à n'importe quel moment, par n'importe quel connard. Numérotable et à dispo, et c'est là-dedans qu'on vit. J'étais pas heureux pour elle, mais c'est vrai que j'étais fier qu'elle ne devienne pas une petite connasse molle, modèle courant. Qu'elle sache comment ils font pour que ça tienne, les méthodes employées pour que ce bon vieux monde soit ce qu'il est.

J'étais de super bonne humeur. J'étais heureux dans une voiture qui filait à toute allure, heureux que ma fille soit en bonne santé, heureux d'être avec Thierry et Sandra, que l'événement nous fasse le même effet : nous rappelle nos adolescences ratées, la façon idiote qu'on avait eue de se lancer contre des murs, toujours se ramasser, en avoir rien à foutre.

Alice nous maudissait, on faisait front contre elle à chaque fois qu'elle l'ouvrait. Mais, d'une certaine façon, elle aussi faisait partie de cette bande d'adultes idiots et tous largués, réveillés par des conneries de gosse.

*

J'ai été bouleversé en la voyant sortir, son dépôt à la main, ses petits lacets, ses petites affaires, se diriger vers nous tête basse, telle une condamnée vers la chaise électrique.

C'est cette nuit-là que je suis vraiment devenu son père. L'inquiétude et le soulagement m'avaient creusé une faille dans l'âme où pouvait se répandre un amour différent de tous les autres, un amour d'une force incomparable, et d'une ferveur indestructible.

Alice avait son visage de grande malade, elle était sublime dans ce rôle. Drapée dans sa douleur digne, elle a regardé Nancy avec un effroi plein de reproches. Elles sont restées face à face un court moment, puis la môme a levé les yeux sur moi, j'ai écarté les bras. Je l'ai serrée contre moi, en silence, exactement comme j'aurais fait avec n'importe quelle amie dans la même situation. Ce que je pouvais comprendre de mes proches, pourquoi je ne le comprendrais pas d'elle ? Pour exercer ce foutu droit à l'engueuler et la faire se sentir comme une merde ?

Dans ma tête se débitait une litanie idiote :

— Si tu dois en passer par là... qu'est-ce que tu veux que je te dise ? Ça me fera pas t'aimer moins. Moi, je suis passé par là, et maintenant je suis de l'autre côté. J'ai rampé, j'ai frotté ma gueule à l'écorcher au sol, j'ai cogné dans les murs, mais j'y suis arrivé, je suis de l'autre côté...

Il y avait au moins une chose que je savais faire, une seule chose que la vie m'avait appris à réussir : serrer les gens contre moi, en plein désastre, faire semblant de ne pas avoir peur, rester debout quand tout s'effondre et faire semblant de rien, croire qu'on va s'en tirer.

*

Le voyage du retour a été absolument silencieux. Nancy laissait son petit copain derrière elle, il était le conducteur du véhicule, il avait tout pris sur lui. Ou bien, on lui avait tout mis dessus. Il n'y avait qu'Alice pour ignorer qu'elle retournerait le voir dès qu'il sortirait, il n'y avait qu'Alice pour faire des projets de pension, de retour dans le droit chemin à grands coups de pompe dans le cul. Les trois autres adultes, on se contentait de se taire et de faire sentir, tant bien que mal, à Nancy, qu'on ne lui en voulait pas, qu'on avait eu très peur. Et qu'on serait toujours là.

Thierry nous a laissés tous les trois chez Alice. On a traîné là un moment, à boire des cafés en regardant vaguement la télé. Nancy était muette. Elle m'a juste chuchoté de ne pas la laisser seule avec sa maman. Elle avait honte, et c'était le contre-coup, je ne l'avais jamais vue si calme.

Je suis allé voir ce que faisait Alice, elle était debout dans sa cuisine, regardait par la fenêtre, bras ballants. Elle a tourné un visage inexpressif en m'entendant arriver, puis a murmuré d'une voix oppressée :

— Je regrette d'être venue te chercher pour te dire qui elle était. Tu ne l'empêches pas de faire des conneries, tu ne l'empêches pas de me détruire. Mais, moi, tu m'empêches de faire comme je voudrais avec elle. Je suis doublement bloquée, maintenant : son jugement à elle d'un côté, et le tien de l'autre. Je me sens prise en tenailles. J'aimerais mieux que tu sois pas là.

— Qu'est-ce que tu ferais de si différent ?

— Je la ferais enfermer. Puisque c'est ce qu'elle cherche, se faire prendre. Je la ferais enfermer dans un hôpital. Elle a besoin d'être suivie. Mais je suppose que t'es pas d'accord ?

J'ai rien osé répondre, de peur qu'elle pique une crise et aggrave la situation. J'ai gardé tous mes mots pour moi « va te faire soigner toi-même ». Alice s'est raidie :

— C'est pas toi qui vas te retrouver encore tous les jours avec elle. Tous les jours tendu, à chaque fois que le téléphone sonne, tendu qu'elle ait fait une connerie. Chaque fois que j'enfonce ma clef dans ma putain de serrure, je sens tout mon dos qui se bloque, j'ai peur de ce que je trouverais... Maintenant, j'aurais peur de même pas la trouver.

— Je peux la prendre avec moi, si tu veux. Pour la semaine et tout ça... Je serais content de la prendre avec moi.

La mère a eu un haut-le-cœur, tout de suite, j'ai pensé qu'elle allait m'insulter, mais son œil s'était chargé d'intérêt :

— Tu n'y penses pas sérieusement ?

— Si, si... Tu sais, c'est pas comme si j'avais d'autres trucs importants à faire.

— Mais avec ton style de vie...

— Je m'arrangerai.

Ça me foutait une trouille pas croyable, ce que je venais de proposer.

Alice a pris note, pataugeant entre vexation, intérêt et méfiance.

Je suis revenu m'asseoir à côté de Sandra, j'aurais volontiers gobé deux trois Lexomil, mais j'avais peur de ronfler comme un dingue pendant que la mère faisait interner la fille. Nancy se tenait vers nous, sans rien dire, stupéfaite et soulagée qu'on ne l'agresse pas tout de suite. Il faudrait lui parler, sérieusement, dès le lendemain... J'en étais exténué d'avance.

On somnolait tous à moitié dans le canapé. J'ai demandé à Sandra :

— Y a peut-être quelqu'un qui t'attend, au fait. Hésite pas à y aller, tu sais, ça ira...

— Non, non, plus personne ne m'attend.

Je lui ai jeté un coup d'œil en biais, elle se grattait le sourcil, bouche un peu ouverte, fixant les toits de Paris par la fenêtre. Elle a reniflé et, sentant que j'attendais une précision, a confirmé :

— Il m'a fatiguée, hier soir. Il est un peu niais, quand même.

Ça m'a détendu. Finalement, tout n'était pas si mal organisé.

Le téléphone a sonné, on a entendu Alice dire « de quoi tu me parles », d'une voix endormie, puis, reprenant ses esprits, s'exclamer sur « le World Trade Center ? ». Elle a bafouillé encore quelques minutes, puis a raccroché précipitamment, elle est revenue dans le salon, encore plus blême qu'avant. J'ai d'abord cru que c'était une embrouille de business, qui la mettait dans cet état.

Elle a allumé la télé.

Et il n'y a pas eu besoin de chercher la chaîne ou quoi que ce soit, la première tour était en feu. Ils poussaient des hauts cris quand la deuxième s'est fait percuter. On aurait vraiment dit un gag, un type avec son micro au premier plan se demandait bien ce qui s'était passé et, pendant qu'il parlait, badaboum dans la deuxième tour et, à ce moment-là, quelque chose a changé.

Puis elles se sont écroulées. Sous nos yeux.

Alice a éclaté en sanglots incontrôlables. C'est tout son monde qui s'écroulait, et de façon visible, cette fois. Nancy est allée la prendre par l'épaule, elle semblait secouée, elle aussi, mais moindre impact.

Elle était surtout habituée à voir les vieux ne pas supporter le monde.

Sandra a serré sa main sur la mienne. On pensait la même chose, tous les deux. C'était pas le moment d'en parler, d'en rajouter dans cette maison. On avait peur de ce qui allait suivre, une peur atroce et paniquante. Mais on était surtout heureux, que ce vieux monde s'écroule et crève. Rien ne serait pire que cette paix-là.

On n'en pouvait plus. L'air asphyxié de partout. Et nous tous, lamentables, claironnant chacun dans son coin « j'y peux rien, c'est mon supérieur qui veut ça », ou, plus haut « j'y peux rien, c'est le système qui est comme ça ». C'était trop bien organisé, autorégulation à tous les niveaux. Le régime de la terreur. La prison trop bien gardée, on s'encerclait nous-mêmes et même plus besoin de surveillance. Chape de plomb sur le moindre espoir.

On vivait tous dans un effroi glacé, on avait fini par nous faire croire que rien n'était possible, même pas la peine d'y penser. Totalement désespérés, vidés. Chape de plomb sur le moindre espoir.

J'ai regardé Nancy étreignant sa mère, la berçant. Je n'avais plus peur du tout qu'elle vienne chez moi. Je n'avais pas peur de rentrer avec Sandra et qu'on fasse ce qu'on avait à faire. Je faisais partie des gens mal adaptés que les situations de chaos remettaient paradoxalement en phase.

Quelque chose venait d'être déchiré. J'ai regardé Nancy et j'étais désolé pour elle. Un monde défiguré à nos enfants... Gosses de riches se bagarrant entre eux, écrasant tout sous leur fureur.

Nancy surveillait l'écran de télé, impressionnée. Concentrée, pour une fois. Elle a finalement remarqué :

— Putain, pour une fois qu'il se passe quelque chose et que je suis là pour le voir…

À cette minute, la guerre était à portée d'imagination. Depuis le temps que ça frémissait, se fissurait et déconnait. Clairement, images de décombres et de fumées, d'embuscades, de répression sanglante et de bordel en crescendo. Et ce qu'on quittait comme monde serait celui de l'avant-guerre, on aurait peine à croire qu'on avait connu ça. Et c'était exaltant autant que terrorisant. J'ai tendu la main, sans la regarder, pour que Nancy la serre.

J'ai imaginé le bordel que ça allait être, la suivre jusqu'à ses vingt ans. Le nombre de nuits blanches, les emmerdes surprenantes, les mauvaises fréquentations, les mensonges, le doute et l'inquiétude.

— Putain, je suis vraiment content que tu sois là, tu sais.

Le peu qu'on ait qui vaille vraiment, s'en réjouir vite et pas se tromper.

Du même auteur :

Les Jolies Choses, Grasset, 1998.
Les Chiennes savantes, Grasset, 2001
Baise-moi, Grasset, 1999.
Mordre au travers, Librio, 2001.
Bye Bye Blondie, Grasset, 2004.
King Kong Théorie, Grasset, 2006.
Apocalypse bébé, Grasset, 2010 (prix Renaudot).
Vernon Subutex, tome 1, Grasset, 2015.
Vernon Subutex, tome 2, Grasset, 2015.
Vernon Subutex, tome 3, Grasset, 2017.

PAPIER À BASE DE FIBRES CERTIFIÉES

Le Livre de Poche s'engage pour l'environnement en réduisant l'empreinte carbone de ses livres. Celle de cet exemplaire est de : **250 g éq. CO_2**
Rendez-vous sur
www.livredepoche-durable.fr

Composition réalisée par PCA

Achevé d'imprimer en février 2018, en France sur Presse Offset par
Maury Imprimeur – 45330 Malesherbes
N° d'imprimeur : 223651
Dépôt légal 1re publication : avril 2016
Édition 04 – février 2018
LIBRAIRIE GÉNÉRALE FRANÇAISE – 21, rue du Montparnasse – 75298 Paris Cedex 06

10/2130/5